艾先生几多鱼

王方晨 著

时代出版传媒股份有限公司
安徽文艺出版社

图书在版编目（CIP）数据

艾先生几多鱼 / 王方晨著 . -- 合肥 : 安徽文艺出版社 , 2023.2
（鲸群书系）
ISBN 978-7-5396-7457-5

Ⅰ . ①艾… Ⅱ . ①王… Ⅲ . ①中篇小说—小说集—中国—当代②短篇小说—小说集—中国—当代 Ⅳ . ① I247.7

中国版本图书馆 CIP 数据核字 (2022) 第 067455 号

出 版 人：姚　巍　　　　策　　划：李昌鹏
责任编辑：宋潇婧　胡　莉　　　　特约编辑：罗路晗
封面设计：鸿儒文轩 · 末末美书

出版发行：安徽文艺出版社　　www.awpub.com
地　　址：合肥市翡翠路 1118 号　　邮政编码 : 230071
营 销 部：（0551）63533889
印　　制：阳谷毕升印务有限公司　（0635）6173567

开本：880 × 1230　1/32　印张：7.25　字数：163 千字
版次：2023 年 2 月第 1 版
印次：2023 年 2 月第 1 次印刷
定价：48.00 元

总　序

我将中国当代文坛创作体量巨大、深具创作动能的作家群体命名为“鲸群”。入选这套“鲸群书系”的作家在2021年度中短篇小说的发表量皆有15万字以上，入选小说皆为2021年发表的作品。

“鲸群书系”以最快的速度集结丰富多元的创作成果，以年度发表体量为标准来甄别中短篇小说创作的“鲸群”，展示作家创作生涯中的高光年份——当一个作家抵达极佳的状态才能进入“鲸群”。如果我们喜欢一位作家，一定会着迷于他高光年代的作品。

我想，“鲸群书系”问世后，一定会有更多的人关注被我称为“鲸群”的作家群体，因为这个群体标示了中国当代小说创作的年度峰值——它带着一种令人心醉的澎湃活力。

如果“鲸群书系”在2022年后不再启动，多年后它可能会成为中国当代小说研究者珍视的一套典藏；如果“鲸群书系”此后每年出版一套，它或许会为中短篇小说集的出版带来新格局。

这套书的作者中或许有一部分是读者尚不熟悉的小说家，我诚恳地告诉您，他就是您忽视了的一头巨鲸。正因为如此，“鲸群书系”的问世，显得别具价值。

2022 年 10 月 30 日

目录

艾先生几多鱼

艾先生当初过得还不坏。吉祥胡同的人都知道他在市里的师范学校读书。那时候老邻居对他家人表示尊重，常对他母亲说：

“老艾家出先生啦！”

母亲便自豪地朝人家微笑。

人人都知道艾先生正在市里受着“良好”的教育。他也是吉祥胡同能受到“良好”教育的第一人。市井小民以为只要能够拿着国家的钱上学，就算了不起啦。

母亲听到人家询问儿子的事情，眼里总放光。

假期，艾先生发现母亲比他上初中时年轻了许多，也多少算个美人啦。他还发现，母亲搬着木盆到胡同里那个唯一的水龙头跟前洗衣服的次数，明显增多了。这使他觉得脊背上冷飕飕的。

艾先生真切地感到自己家享受到的殊荣。老邻居们难以预料他的将来，他自己也不能一下子看到自己的前途。但他逐渐感到了自己的与众不同，开始有些拘谨。

“往年的先生，就是你家儿子的样子！”人们常说。

在学校里，艾先生要学习一门研究语言的课。这是将来从事专业的需要。得益于这个，对人们的口语方面，艾先生具有很强的领会能力。艾先生也有想入非非的时候，但他宁愿翻译鸟语，也不想去理解市井中永不停息的嘈杂人声。

假期结束后，艾先生就要去学校进行严格的训练。他逐渐地很厌烦一切声音，觉得说话是种十分可恶的事情，但他止不住一日比一日彬彬有礼起来，言谈也便不大寻常。即使让他穿上野小子的奇装异服，也掩不住那种温文尔雅的气质，眼睛也一日比一日深邃了。另一种可怕的苗头又显出来——从他眼睛里流露出一种洗不掉的忧郁神情。

艾先生跟拥挤破旧的小胡同里热火朝天的生活形成了鲜明对照，跟同龄的伙伴也拉开了距离。他们是背向着的，各人的眼睛看的各不一样。那些伙伴也不再往他家跑，在他放假回家的第一个晚上，也不聚在一起瞎聊。偶尔有个不忘旧情的伙伴来他家里，对他大谈特谈斗殴、贩卖、聚赌，怎样有一个宏伟而近在眼前的计划，他都被人家的粗俗气逼得直皱眉头。

艾先生天性并不高傲，但他迫使自己去听人家谈论时，觉得自己对人家说的一无所知，而且全无兴趣。人家的那个地盘他走不进去，也不想走进去。他在自己的世界里不甘愿地游弋了很远，就是向对方招手，对方也看不到了。他实实在在地在他生活了十几个年头的吉祥胡同孤单了。短短几年，他就变成了羽毛未丰的落地凤凰，胆战心惊地寻觅着他处的梧桐枝。艾先生暗自想象，如果自己能有一个儿子，自己决不让他去受那种“良好”教育，而且也决不做母亲那样的长辈。他异想天开地对那个影子儿子说：

“老子什么都不管你，随你去吧。”

吉祥胡同的老邻居没谁握着一架能观测内心的探测镜。如果一片叶子放在眼前，他们也就不知道叶子后面的世界了。他们仍然给予艾先生一家荣耀，把艾先生树为后生的楷模。他的母亲还像一个美人，在人们面前，眼睛里喜悦的光不停闪烁。

但在那年，一夜之间，吉祥胡同的人都晓得刚刚十八岁的艾先生变成了县城西关小学的小艾老师。胡同猛地变成灰突突的样子，好像艾先生污损了胡同当年的光彩。

艾先生下面还有三个未成年的妹妹。他跟大妹妹整整相差六岁。他的小妹妹也才七岁，因为生她，家里交了几百元罚款。

当年这是笔不小的款项。现在小妹户口还没上。他们一家六口人挤在屋子里吃饭，门外突然传过话来：

“草包！”

一家人同时放下饭碗，脸色还没来得及变，就见胡同里跟艾先生感情不错的老友世才西装革履地跨进来。艾先生碍于情面，才忍住怒气，没有发火。父亲连饭都不吃了，母亲专等着收拾饭碗。艾先生像喉咙里塞进一个木梨，憋得两眼发直。他离开桌子，同世才坐在床上交谈。

“当孩子王多少钱？”

世才爽快，想了解情况就直截了当。

“四十五。”

艾先生犹豫了半天才说出来，心想，不如撒谎，将数字颠倒一下。

“嘿！四十五？看你的凉鞋！”

艾先生闹不清世才会注意他脚上的凉鞋，鞋襻子的确是他用麻线连起来的。他就像小偷一样，羞愧得脸都红了。他知道世才是吉祥胡同的伶俐人，连初二都没读完，却拥有丰富的社会经验，平时搞点油水不多也不少的小生意，整日红光满面的。艾先生在不知避讳的刻薄话里讷讷难言，又不敢朝饭桌前假装吃饭的父母看，竟在难堪中对着世才小声傻笑起来。

“老兄，暑假里跟我去乡下兜一圈，捞几个茶钱，只让你当个助手。”世才对他说。

艾先生却推托：“世才，不行啊。还要熟悉教材，还要备课，学校要求提前到校……”

没等他说完，世才就不耐烦地伸伸懒腰，想站起来。艾先生看他这样，也就停下不说。世才凉凉地跟他的家里人告别，脚步声穿过夜色中的小院子，好像怕染上这家人的酸腐气。艾先生在门口看他拐进胡同里，好久才转过身，话也不说就躺到床上去了。

老艾家出了个孩子王。世才的来访帮艾先生父母清醒地认识了自己家里这个曾给他们带来荣光的儿子先生。他们隐隐觉得大势已去，连重温过去的那点自豪也不敢了。母亲眼里光彩消失，在外面只要听到人家问她儿子的事，就十分警惕。她好像从令她沉醉的美梦中苏醒过来了，眼前的一切平淡无奇。她有点害怕。她深深失望了。

西关小学根本不能够给艾先生腾出一间宿舍。他重返县城的第一个愿望，就是能够躲开老邻居那种复杂的目光。事实上，每走出家门一步，他都会遇到那种让他打寒战的打量，好像他当上了老师是种耻辱。

艾先生并不是没头脑。为了能在学校里过得顺当，他早早就开始打主意了。报到的头一天，不知受了谁的提醒，他竟然想起来去侯校长家里看看。他一个人走到侯校长家门口时，门是虚掩着的。他在师范学校时养成了敲门的习惯，不像当时县城的人去人家家里找人，远远地就喊“有人没有”。不料那门被他的手一碰，就吱吱扭扭地开了。侯校长正给躺在门口沙发上的老婆滴眼药水，被他一惊，药水可能没滴进老婆眼里，老婆不满地抬手打了侯校长一下。艾先生闹不清该进该出，又见侯校长冷淡地瞥了自己一眼，一下子觉出了自己的地位。他连说话的勇气都没有，赶紧走开了。

他明白，以后也许只有在这个冷漠的校长手下生活了，就像他在破旧不堪的吉祥胡同生活了近二十年一样。

艾先生从各种角度评价着侯校长。他似乎也有一些跟侯校长建立亲密关系的信心。他决定努力工作，而且又多长个心眼，去讨侯校长的好。但是他又想着拍人家的马屁有多难！

令艾先生不安的还有学校分配给他的教学任务。假期结束，他就要教一年级语文。依他的愿望，如果命运照顾他，让他去教数学就是幸运的了。艾先生对自己这块材料揣度得很公正。他在很长的时间里不愿说话，性格孤僻起来，只有上数学课教小孩子数数，传授点加减乘除的知识，对他才最合适。但是，他拿不定主意是否向学校提出自己的要求，于是在一个很闷热的中午，他热切地给他在师范学校里的班主任写了一封信，把这事当成人生的重大问题来请教。

果然，班主任老师很快答复了他，鼓励他在生活中争取大胆主动。他激动地看完了信，就想着怎样恰当地把要求提出来。有了上一次到侯校长家去的经验，他变得很谨慎。也是这种经验让他想起侯校长就满心敬畏。他犹豫不决。

一次去集市买菜，他隔着菜摊看见侯校长正提着篮子，红光满面地跟一个很有派头的干干净净的中年男子说话。他非常激动，绕过菜摊走到那个中年男子的背后。因为侯校长正跟人家讲得很热烈，他决定不打断他们，就只向侯校长点了下头，然后等他们把话说完。但是人家侯校长好像根本没认出他，继续半开玩笑半认真地交谈着。艾先生的脸色马上变了，额头流下冷汗。集市上的嘈杂声把他搞得昏昏沉沉。他又羞又愧地装着刚刚来到，去问菜贩菜价。人家回了他，他又不买，嘟囔着走到人群里去了。

艾先生命中注定是西关小学一年级的语文老师。的确，他的一家人当初获得的那种光荣永远失去了。往事不堪回首，他逐渐感到自己的卑微，又不住地为命运叹息。

使他生活的热情出人意料地燃烧起来的，竟然还是现实。

开学后的第一天，生活以它固有的扑朔迷离的新奇，唤起了艾先生的信心。他第一次感到自己不是跟小胡同里拉煤的、扫街的、做临时工的老邻居坐在一起，而是跟受过“很好的教育”的儒雅的知识分子一起工作。他正是这样一种知识分子。

墨水瓶、蘸水笔、书报、办公桌，这一切使他感受到了热情的冲动。在他还没有上第一堂课时，他就暗下勤奋工作的决心。再次看到的侯校长，也不再是那种高傲冷漠的样子，而确实是一个出色的、有工作能力的、善于调解各种矛盾的领导了。在那天上午开过教师会议之后，大家正准备离开，专等侯校长第一个走出去。艾先生的位置在门口。侯校长从他身旁经过时，他连眼皮也没敢抬。但是，侯校长脚已迈到门外，又猛地停住了，回头对他亲切而随和地一笑。他的心里就像安了一只弹簧。他正手足无措，侯校长却伸出手在他肩膀上轻轻拍了一下，并用那种似乎俯就于人但很自然温和的腔调说：

“小艾，好好干，多向老教师请教。”

话虽简短，却把艾先生的心烤熟了。他觉得眼里好像有了一滴泪，落下来能有苦胆那样大。侯校长的那一拍一语，把艾先生在此之前的成见完全扑火了，让艾先生尝到了生的乐趣。

下班后走进那条熟悉的吉祥胡同，处在狂热的信念中的他，丝毫没感到小胡同的局促和丑陋。一切都像很可爱了。

这是秋天的傍晚，头顶彩霞纷飞的天空，跟在广阔的田野上看到的一样。各种家庭生活的气味融合在一起，在胡同里飘荡，令人感到亲切。吉祥胡同的许多居民，像清真街上的回民一样烧制羊肉。那种烧羊肉的膻气特别逗引食欲。艾先生走进这个生活气息浓郁的胡同里，产生了一种温暖的热爱的情绪，他兴致勃勃地认真打量着眼前的一切。那些不太宽敞的缺少装饰的小院门，似乎都在欢迎他。

艾先生远远看见世才从家里推出一辆摩托车，把一个年轻女人驮在后座上，向他开过来。艾先生本想拦住他，又觉得那女人是陌生的，就朝路边靠了靠，想招呼他一声，他好像没看见艾先生一样，将车开远了。艾先生有些恼火，但快乐的情绪使他很快原谅了世才。他知道世才最近不断地跟女孩子来往。

艾先生走到家里，那种拥挤混乱也没让他皱一下眉头。都到这时候了，母亲才懒洋洋地做饭。她好像害怕艾先生提学校的事，也没看出来艾先生心里高兴。她在艾先生从师范学校毕业到他开始在西关小学任教这段时间里变化很大。不光她的行动，她的性格也好像有点郁郁寡欢了。她没对艾先生说过不满的话，但总是抱怨他的妹妹们，买本子太勤啦，简直像吃本子，在外面逗留的时间太长啦，等等。她也不再总是一个人做一家人的饭。只要大女儿在家，她一定把大女儿赶到灶台上去。她似乎想过一种不作希望的麻木的生活。

“爸爸还没回？”艾先生主动问道。

母亲只点了一下头，艾先生就从她身边拎过水桶，到胡同口接了一桶水回来。母亲好像懒得跟他说话，他却没从她跟前走开，还要看母亲做饭。

“我们开了会，发了盒茶叶。办公桌是自己挑的。”艾先生说，有些得意。

母亲发觉了，问他：“你在说学校好。”

“比胡同好。”这是艾先生果断的回答。

艾先生开始觉得生活是很简单的事情。他不再去想吉祥胡同的人对他的孩子王的工作是什么看法。但是一段时间过后，艾先生就体会到工作的无聊。他也能觉察到那些貌似相处不错的老师之间那种很微妙的不太和谐的关系了。他看到人人都在做着小动作，而生活运转的中心就是侯校长。

侯校长所说的“老教师”都是些富有教学经验的老师，在低年级办公室里只有他是个青年。处在这种环境，他自然谦逊得像团泥巴。如果侯校长偶尔驻足办公室，老师们便围着他卖乖。艾先生感到别扭，想到自己连卖乖的资格都没有，对侯校长日渐生出了生疏感，经过校长办公室门前，都会有些胆寒。他从家里到学校，上完课就带着学生的作业本回家，跟大家的联系好像只有到校见上一面。他把他们当成一个严密的大圈子，想加入进去，别人却没有一个表示欢迎。每逢他向别人请教，别人在故作谦虚之时，又会不冷不热地说上许多无关的话，似乎根本没把他放在眼里。他好不容易才明白过来，这是因为自己太平常了。他跟教育系统里任何一个有点权位的人都不“过从甚密”。他还没弄清楚怎么回事，就被同事们划入那种“一辈子不会有出息”的人里面。

对艾先生的名誉没有好处的那件事，发生在教师节前两天。

县城一家单位给学校送来五百斤冻鱼。车刚进校门，大家就闻到了鱼腥味。天气很热，冻鱼一出冷库就开始化冻，把苍蝇都引出来了。

分鱼以办公室为单位，学校四个教学办公室各派一个代表。低年级办公室委派了艾先生，因为没谁愿去。艾先生走到那里一看，就不住地叫苦，因为鱼有一半被装卸搞得烂糟糟的。他是新老师，不好跟别人计较，就眼看着别人把整鱼分走了。艾先生没办法，就去办公室把李老师叫出来。李老师是一个矮胖女人，屁股宽得像桌面一样。还没走到鱼堆旁边，她就啊呀一声，捂住鼻子跑回办公室去了。结果没有一个人出来领鱼，艾先生只好一个人把鱼按人头分开，摆在地上。冰都化净了，脏水把细碎的鱼鳞冲得满地都是。艾先生心里很难过，亲自去叫办公室里的老师们取鱼。那个李老师挡住门，把他往外推。

“你身上腥得让人呕，出去躲躲吧。”她掉着头说。

办公室里的人哄堂大笑，但是那种笑里没一分自在。每人都在心疼本该属于自己的那一份鱼。

艾先生快急出泪来了，自我解嘲地跟着讪笑。

“小艾，我们好鱼还吃不了哪，那些鱼拿到你们‘羊肠子’里卖了吧。”有个老师说。“羊肠子”是指他住的胡同。

艾先生不可辩解，他听见有人叫他草包，一下子就呆了，想起世才那天没走进他家门就高声叫他的话。他的内脏像被扎了一下，脸色蜡黄，李老师也在他眼前模糊起来。但自责使他也承认自己是草包，仿佛是为了报复自己。当自责渐渐消失时，他从这“草包”二字上了解了自己在别人眼中的样子。这个鼓胀胀的“头衔”使他伤心。

那些鱼还是被老师们拿走了。他以为它们会烂在那里，正急得没办法，等他走去看时，地上只剩下一些泥水的痕迹了。他的那最坏的一份鱼，还孤零零地躺在那儿，落满了大肚子的苍蝇。

第二天他有点羞惭地来到办公室，很多老师正埋头批改学生作业或者备课，有两位老师神色郑重地小声说话。他进去的时候，只有那两个说话的老师以眼角的余光瞥了他一下，别的老师连头也没抬。他暗自庆幸别人不再拿那事烦他。他刚在办公桌前坐下，侯校长就板着脸走到门口，向他说：

“小艾，垃圾箱里是你的鱼吗？不要了，还想把人臭死？”

艾先生心里咯噔一下，难堪地站起来，也不敢去望老师们。

校长走开了。艾先生真希望办公室里没有人听见校长的话。他毛手毛脚地灰溜溜地向外走，一连碰响了通道上的好几样东西。他走出门口，就听到背后老师们压低的哧哧的笑声。很快，大家就忍不住放声大笑了。

艾先生恨不得一下子从天地间消失。他知道老师们正通过窗子看他向投放臭鱼的垃圾箱走去。他想，为什么不把那些鱼带走扔掉？经过了一夜，鱼怎么没被猫狗吃了？他已经顾不得许多。鱼在垃圾箱里多躺一些时间，他就必须多出丑一些时间。

有执勤的小学生带着铁簸箕走来，帮他把鱼从垃圾箱里铲起。鱼臭熏天，他想到的是立刻刮来一阵风，把鱼臭味吹散，但是千万别吹到校长鼻子里去。

这以后，他从校长的脸上每时都会看出小瞧他的神气。而且通过学校里的几件事，他更见出校长的坚定，这使他日益觉得自己无能和卑微。

第一学期结束后，勤恳的老师也有受到表扬的，也有受到物质奖励的，大家都在兴奋之中，只有艾先生处在别人的幸福之外。别人快乐的光芒只会让他更显得神情灰暗。

艾先生的教学生涯刚刚开始，在他前面还有着不计其长、难以测度但肯定不太光明的道路。但是，谁知道呢？也许命运将会出现惊人的转机吧。

很难恭维艾先生的日子过得顺心。他不是侯校长器重的人，没有办法责备别人不太喜欢他，因为在这样的情况下，如果哪一个人怀着怜惜他的心情，对他表示友好，就似乎证明自己跟他一样是个无用的人。那真是耻辱。从艾先生参加工作到现在，没听到过哪一个人对他说过一句知心话。就是之前那几个不被人团结的名誉不好的老师，也耻于与他为伍。

艾先生就处在这样的环境中，工作没出什么差错，也没什么起色，一切平平常常。艾先生也似乎安于现状，别人不看重他，他也不去讨好别人。但是这种孤独的安静日子并没有过多久，一件很重要的事情就给他的生活带来了许多麻烦。

眼看要放暑假了，人们传言教育系统将评定技术职称的消息得到证实。这意味着许多人要涨工资。每个老师的心里早就暗自盘算了，自我做着评价，并再一次想起教育工作的甘苦。有一些人就在各个办公室乱串，对每个人表示亲近，显示自己的好人缘，巧妙地提醒别人注意自己的工作成绩。更多的一些聪明人总有机会在侯校长跟前说话。学校的气氛一下子和睦起来，甚至艾先生还多次听到别人的亲热话。

有一回，低年级办公室里只剩下艾先生和李老师两人。李老师满脸笑容地坐在他对面跟他闲扯。这种情形以前还没有过。李老师的口气亲切宽容，还有点乞求的味道。按习惯要谈一件事是要绕好大一个弯子的。

“小艾，想不想谈对象？我可以给你帮忙啦。”

李老师装出来的关心，艾先生一眼就看得出来。但是这话题他还是头一次听人谈起，脸腾地就红了。那种童男的羞涩使他脸上露出一点傻乎乎的笑容。

“哦，不……暂时不。”他费力地说着，心里很快就平复了，因为李老师的那点诡计和善心，他可是看透了，“不劳您驾啦。”

李老师自己咯咯地笑起来，好像很天真的样子。她停住笑，无限感慨地叹了一口气。

"是啊，青年人有抱负。家庭可拖累人，到时候你就知道啦。"她说，又换了一种口气，"我当了二十一年老师，家里人可跟我受苦啦。可是，那么多工作要做，家务就该少想。有时候真恨结婚。一个人一心干工作，无牵无挂，不信做不出成就。二十一年教龄啊，比侯校长还多一年呢。小艾，我曾有十五年没提过一次级，真不如你有运气。但是我没抱怨过！我没觉得自己的资格有多老，就骄傲，就保守。不瞒你说，县优秀教师赵梅、张甲田都是我辅导出来的。侯校长的教学管理论文，有一整段话二百多字，都是我总结出来的！可是，有些人，他们说……嘿，我可不把这当回事！当年有句话，'小车不倒只管推'，不知你知道不知道。"

李老师一席话说得艾先生差不多笑出声来。他没有插嘴。李老师刚想再开口，从外面走进人来，她就装着从没跟艾先生说话，埋头批改作业了。

李老师说的"小车不倒只管推"，让艾先生琢磨了好几天。他很佩服老师们为教育工作做出的贡献，并甘居下风，没有期望在评职中评上过高的级别。

学校评职准备工作已做稳妥。放暑假了，学生离开了学校，但老师们还要留校学习教育厅的有关文件。学校集体学习之后，又分组讨论。市里、县里都下发了文件。于是，每位老师都有厚厚一沓资料。每个人依照自己的心思翻阅着它们，估价自己，寻找自己的长处，分析别人的短处，把对自己有利的条款画上杠杠。

在那天学校正式评分时，艾先生的座位在侯校长后面。大家很认真地按秩序给别人评分。现在轮到艾先生了。艾先生不知道怎么回事，忽然想起自己参加工作以后忍辱负重、任劳任怨，这一切都是为了取得大家的理解和信任。他相信别人对他是公正的。他忍不住偷偷向周围的人瞟了一眼。他们正把对他的评分填在表格上的各个栏目里。没有一个人说话。艾先生忐忑不安地坐在座位上，一种冲动使他把脖子伸长，从侯校长的背后看到了他给自己打的分数。

侯校长的笔尖停留在纸上，轻轻地点动着。他已经填好了。

艾先生看得很清楚，自己的每个项目都被填上了最差的一等，也就是说，他在侯校长眼里是一个既没有教学能力，又没有优良品格的人！

艾先生当场就觉得眼前发黑。忽然，他愤怒地哭出了声，把大家的目光都吸引了过来。他闭着眼睛，知道自己扰乱了大家，就强迫自己把哭声吞咽下去。有人叽叽咕咕地说了一句话。

评分继续进行。

当侯校长的表格发到艾先生手中时，他对侯校长的怨恨全部涌到心头。他几乎不假思索地将最低的分数填进去。然后，他望着被搞得一塌糊涂的表格，有一种欣喜的感觉，好像吐出了胸中的全部闷气。

以后艾先生发现侯校长对自己的态度突然改变了。这使艾先生感到很纳闷。他闹不清侯校长是否看到过他填的那份表格，因为侯校长是评委会的人，即使匿名评分，每个老师的笔迹也能泄露自己是谁。难道那份表格弄丢了？还是侯校长胸怀宽大，不跟他计较？艾先生闹不明白。他想自己也没有得到侯校长的公平对待，随他怎么样！这也叫作礼尚往来。

评职工作顺利结束，该评高级的评上了高级。艾先生评上了小教二级，没吃亏，也没沾光。他又暗悔不该以那种方式来报复侯校长。

艾先生的处境有所改善。他跟大家比较熟识了，言谈举止也不再那么拘谨。他想每个人也许都要被生活折磨个半死，才有做人的资格。他决心把内心的苦恼全部抛开，用繁忙的工作来抵制那种经常袭上来的无聊的念头。忙忙碌碌的工作不再使他细敏地感到荣辱和人情的温凉。这段时间，他忽然觉得自己长大了许多，心里少了很多冲动。他不大清楚生活像对待他一样，对待所有的人。只不过有人成功，而有人还没有成功。

吉祥胡同的老邻居们的态度也并未朝一个很恶劣的方向发展。他们认为艾先生是享受着国家俸禄但不很得意的人。要知道，天下不得意的人多了去！谁去整天关心你一个？所以，艾先生也没受到老邻居的扰乱。他在过着一种暮气沉沉的生活。

世才没有中断做生意。只要能赚到钱，他什么都干。艾先生的母亲也很羡慕人家有世才这样的儿子。她常对艾先生说起世才怎样有钱。艾先生想起自己那点微薄的工资，感到很惭愧。

这样风平浪静，过到这一年三月份，艾先生又不安起来，因为下一步学校要实行校长聘任制，他没有把握能被侯校长聘任。他不由得想起以前他给侯校长填的那张表。这不得不让他三思。

学校里的一切争吵都出奇地平息了。每个人都在老老实实地工作着。有三个老师被侯校长请去谈话了，这并不是光彩的事情。他们曾经被大家认为是极爱搬弄是非或者不服从领导分配的差劲老师。艾先生害怕地想到下一个就要轮到自己了。但一切平安无事。侯校长没理会他。

在这个星期里，老师们躲开他议论纷纷。他被他们那种神秘的样子搞得疑惑不止，又不好去问别人，就独自乱想。他是多么希望能够拿到那份聘任证书。他可不能让人家给赶走！那样他真没脸活在世上啦。

星期四下午，老师们上完课就被召集到三年级一班的大教室里开会。大家一反常态地恭恭敬敬，连一个小声说话的都没有。艾先生来得晚一些，后面的座位都被别人占住了，他只好坐在大家前面。他刚坐下，就可怕地想到这个位置好像是大家有意留给他的。他的心里虚慌，但又一想，那三个老师都被找过谈话了，这次即使有人不被聘任，也一定是他们，而他担心什么呢？

侯校长神情严肃地坐在讲台上，桌上放着一摞红色烫金的证书。

他开始宣读了。

“李光荣老师。”

李老师得意地对大家丢个眼色，就故作镇静地走到前面，从侯校长手里接过证书。

“感谢领导栽培！”

她转过身，面对大家，神情可笑地扮了一下怪相，把大家逗笑了。这一笑使刚才紧张的气氛缓和下来。

侯校长又读到其他老师的名字。领到证书的人都很兴奋地在下面说话，教室里嗡嗡声一片，根本听不清人家讲什么。

艾先生细心地听着侯校长念到的名字，越到后来越慌张。表现不大好的那三个老师也都领到了证书。他想也许没有一个人会落聘吧。

教室里忽然寂静下来。大家板着脸，或暗露幸灾乐祸，或隐含惋惜和同情，侧耳倾听。

侯校长做了很长一次停顿。他按了一下快掉下来的眼镜，砖红色的脸上，一条肌肉微微搐动一下，然后就用公正的但不高的声音念道：

“鉴于艾辛老师教学能力的不足，以及在学校中的表现，为帮助其进步，校委会决定艾辛老师待聘。”

艾先生猛地站起来，张大两只惊愕的眼睛，嘴唇抖动了半天，忽然哭着叫道：

“我哪里不行！哪里不行！浑蛋校长，为什么不聘我！你欺负人，谁拍你马屁你才喜欢谁！……”他激动得两只手在空中乱抓。但没人理他。

人们开始大声喧哗。有人在使劲跺脚，有人唱起了《我们的荣光》。

艾先生离开了学校，一家人跟着发愁。待聘听上去也没什么，其实就是没人要啦。他那天从学校回到家，还是想哭，可就是哭不出来。他的家人没敢问他。后来学校里一位为人厚道的老师赶来看他，他虽然获得一些安慰，但是悲哀也随之更加沉重。那老师提醒他去找教育局，或许还能被县城的其他学校聘用，如果真没办法，也可以调到其他工作岗位。

把这位老师送走后，艾先生开始为自己的将来打算。人其实并不是那样软弱的，往往危难之中才显出坚强和智慧来。

艾先生准备去找教育局人事股，他不敢想象再去另一个学校的事情了。但是，他行动的勇气还没有产生，一想到吉祥胡同的人都在议论自己，就非常胆怵，实在觉得是种极大的羞辱。

家人没有力量来帮助他，相互只好沉默。

他在屋子里待了将近一个星期，烦恼使他脸上有一种似笑非笑的惨淡神情。一个星期后，第一次走到胡同里，人们发现他竟有点胖，脸上很白了，动作却比往常更显迟钝。他带着那种担惊的样子倚在门口，看一会儿邻居往排水沟里排污，就又回去了。没有谁再来碰他内心的伤痛，他是对任何人都无害的人，很能够引起大家的同情。

隔了一天，艾先生又试着在胡同里走了一趟，发现这短短一星期之内，世才家翻修好了门头。他想如果世才不忙，一定会来看他的。他觉得还是世才活得自在。他不如世才。他学的那些东西有什么用！干别的或许不至于受这种窝囊气。如果早就那样做，不会认为有失身份，他就能够在街上高唱“酒干倘卖无”，但他已经受了荼毒。他就是被那种“良好的教育”毒害的，结果给自己身上增加了无数绳索，又没出息，又甩不掉可憎的虚荣心。不过，他的要求实在不算过分。他只想做一个安分的老师，别人不来干扰他，他也不去妨碍别人。

艾先生走到胡同口，再转回身看一看。那些拥挤的房屋、简陋的院落、臭烘烘的排水沟，都使他感到亲切。好多年来他是第一次这样审视它，仿佛久违了一样，心里酸溜溜的。

艾先生决定去见一见人事股的领导。他不能沉沦下去，而要继续生活。

艾先生鼓足勇气来到县教育局。教育局大楼是去年才竣工的，颇有些现代化建筑的味道。艾先生告诫自己，一定要谨慎，但绝不对人低声下气。他向一个刚从房间走出来的人打听人事股办公室，人家指给了他，并告诉他怎么走。

开头的顺利让艾先生喜不自禁，信心竟有所增强。他在静悄悄的楼道里转了几圈，来到人事股办公室门前，刚要敲门，身上忽然哆嗦了一下，想起那次去拜访侯校长的情景。背后有人走过来。耽搁太久，只会让人疑心。他已面临绝境，是该拼一拼了。

敲门之后，里面的人允许他进去，他这才推开门。眼睛几乎什么也看不见，他准备好的话一下子支离破碎了，一句也说不出来，并且不知道自己脸上应该带种什么表情。人家问他有什么事，他这才略略镇定，看清靠窗摆着两张桌子，上面有许多报纸和文件。两个中年男人面对面分坐在东西两侧。其中一个正手托下巴，思索着什么。

他可记不得自己是怎样对人家说明来意的。由于太紧张，根本没想到坐下再说，那样就容易保持一些尊严。

他们在听。他忽然觉得该停住 ，就闭口看人家脸上是否有讨厌的神情。

“你叫艾辛？”

“是我。”他慌忙答道。

“是你啊。”人家摆一摆手说，“回去吧。”

“事情解决了吗？”

“不用啦。”人家好像在惊奇他的无知。

艾先生明白过来刚才白费口舌。他怔了半晌，说：

“我要找股长！你们不办事，我要找股长！”

人家鄙夷地看着他，像看 个怪物。

“找股长？你知道股长几颗头？出去吧。”

艾先生丢魂失魄的，转身朝外走。一出房门，他就听见里面的人在说：“一个草包。”他还没扭过头去，房门就在背后重重关上了。

艾先生有失体面地奔下楼去。等他回忆起人事股办公室里的情形时，他正盲目地在街上乱走。傍晚他走回吉祥胡同，大为吃惊。生活在开玩笑，不管他有多少烦恼，走出多长的路，最终还是要回到这里，好像由不得他自己。当他意识到这一点时，他出人意料地平静了。于是，他放稳了步子，慢慢走回家里。

一个推车卖馒头的老人家在胡同里长一声短一声地叫卖着。黄狗在用鼻头嗅他的裤筒。有人家的粥桶支在胡同口，等人来买。

吉祥胡同的老邻居在那一天看到了艾先生孤苦无依的样子，但也只有替他叹息。他不愿让自己的困窘惊扰家人，对家里人也不多讲。独自一人时，他又想起师范学校里的生活。那时他偷偷写过诗，用诗对未来发问。他知道差不多每个师范生都写过诗，这方面更难出头。那些带着幼稚想法的诗歌，随写随丢。真正的困惑和无奈围困他时，他又记起当年那段梦了。他给中断了联系的班主任写信，也给同班同学写。后来，同学回了信，却没有班主任的动静。他很怅然地做着这一切，做着梦。也许西关小学就要取消他的待聘了吧。

离开课堂很长时间，艾先生渐渐体会到悠闲来。想想校园里小孩子们的吵闹和那种无趣浅显的课程，艾先生竟然不认为落聘是很可惜的事了。当老师也没给自己带来什么光彩。社会上拿老师开涮的段子，他听到的可不少。当世才要赶去学校教训侯校长时，他把世才拦住了。那是顶没意思的事。

艾先生准备跟胡同的老邻居一样生活了。下一步，可以跟世才合作。要说谋生，真要向世才请教了。

这天晚上，艾先生去找世才。艾先生走进他家铺了水泥地的院子里，发现他的家人正聚在一起看电视，就没弄出声音，走向他的亮着灯的房间。他不在。像是发酵了的香水味儿刺激着艾先生的鼻子。艾先生目光扫着墙上乱糟糟的影星画片，决定等他回来。坐在床边的椅子上，艾先生边想着什么，边打量着房间里的东西。他要有这样一间房子就好啦。

他忽然站了起来，紧张地向外走；到了门口，又停下了；片刻过后，又激动不安地转回身，眼睛看着墙角的桌子。外面没有脚步声。

艾先生向桌子走去。在桌前他忽然像被什么尖锐的东西袭击了一下，脸都变了形。他止不住双腿打起哆嗦。

在拉开的抽屉里躺着几扎钞票。那种淡黄的色彩如同从一个快乐王国里射出来的。

艾先生口里呻吟着。他摇了摇头，挪动一下脚步，乏软地坐在椅子上。他目光茫然地朝另一个方向看去。

世才还没有回来。艾先生想起世才漂亮的摩托车，想起他在酒馆里的挥霍，和那些风流女孩子的背影。他的眼睛里只剩下一些飘忽的影子了，像梦中的光点一样，闪着、闪着……他好像看到世才扬起手，迎风抛撒着那样的一张一张的大票子。世才潇洒地朝着什么笑，大票子源源不断地从他手上像稠密的树叶一样飘落。

艾先生再次站起来。他好像发疯一样奔向桌子，贪婪地盯着那些像安详的老奶奶一样躺着的钞票。他想伸出手去摸摸它们。就摸摸。就摸摸。它们可是好东西。艾先生缺少的就是它们！

不错，它们可以让人扬眉吐气，让人尊贵。艾先生苦苦盼望的，不就是这个？有了它们，别的都容易得到。但是，他却觉得两只胳膊好像不是自己的了。他又像往常一样，优柔寡断胆小拘谨了。他骨子里果真就清高吗？他会真的一点出息也没有？

他又努力盯住它们。它们好像在嘲笑他。他又不自在起来，几乎想避开。一恍惚，目光中的它们又换成了世才满不在乎却很狡黠的脸。他稀疏的眉毛还看得清楚。但是，他为什么也在笑？在嘲笑艾先生吗？

艾先生似乎听到从他刻薄的嘴中吐出话来：

“草包，你受苦，活该！”

不就是这样的话吗？艾先生听得真切，也看得真切。世才可怜他吗？世才同情他，而且还经常蔑视他、嘲弄他。世才的神情就在艾先生眼前，与世人无二。

艾先生浑身燥热起来，像狼一样扑过去，伸手抓紧了抽屉里的那些钞票，然后把它们紧贴胸口，得意地傻乎乎地微笑着走出世才的房门，一眨眼就站在胡同里了。

艾先生忽然觉得自己无限巨大，充满力量，也觉得自己格外幸福。他想不到自己在向哪里去，一脚跨进排水沟，带着湿泥走上来，就一路跌跌撞撞地向前走。那颗心欢跳着，脸上有生以来第一次挂上了那种充实的、自信的、陶醉的笑容。

他一直把那些钱藏在胸口，用沉重的上半身撞开了一家院门。他知道回到了自己家。开门声使他一惊，他赶紧走进去，把门关紧。

他站在黑暗的院子里，屏息张望了片刻。然后，双臂猛地垂落，他大口大口地喘着粗气，仿佛刚刚卸掉不堪承受的重负。

这时候他才想到自己究竟做了什么！他偷窃了别人的财富。是吗？是这回事吗？趁别人不在，从人家的抽屉里拿走人家的钱的可耻的家伙，不是他吗？他这样一个受过“很好的教育”，而且品行端正的人，也能干出卑劣的事?！这一点已经不可更改，使他一下子心中茫然了。他似乎从而认识到自己一直就不是一个高尚的人，从来就是一个平庸的人，他一辈子就只有碌碌无为地度过。

艾先生手里的这笔不义之财就像毒蛇一样噬咬着他的心。他忽然想到这是别人逼他这样做的！不错，别人伤害了他。他若是早厚颜无耻早内心凶恶就好了，也许别人就不敢对他妄加侵犯。软弱、善良、无能、自负，这就是构成废物的原料。

但是现在艾先生又感到恐惧了。他不相信自己没有留下痕迹。如果事情败露，那就彻底完啦。

半夜里，艾先生迷迷糊糊地醒来。那件事又在折磨他，因为他没有能力为自己开脱。像他这种废物，坏事也不容易做的。

夜很静。艾先生睁眼看着黑暗的天花板，想不出自己是怎么入睡的。他忽然发现父亲不在自己床上。

艾先生去年还跟三个妹妹挤在一个房间，几个月前才跟父亲合住。父亲是个没文化的酒厂工人，在家庭中举止一直很随便，但儿子的目光终于使他无法安之若素。

艾先生一时又气愤，翻动了两下身体，把被子缠到身上。他却是再也睡不着的。

后来父亲走来了，悄悄爬上床去。

“我撒了一泡尿。”父亲发现他醒着，讷讷地掩饰说。

艾先生觉得父亲活该，自己也活该。这就是他的家庭。他不知道这个家庭到底给自己带来了哪些好处。他眼前突然一亮。所以，一切不如意，全因没钱这个东西！艾先生冲着墙壁咬咬牙。哼，仕途他不敢想，但他要发财。他偷了世才的钱，随别人看不起他吧。但他将开始一种新的生活。他绝不甘做草包。在证实自己的力量时，即便冒险用了一下恶劣的手段，又有什么关系呢？

这天晚上，艾先生的思想又进入了另一种境界。他很舒畅地微笑着重新入睡。

但是第二天世才就找过来。他让艾先生一家回避，留下他们两个人在屋里。艾先生还躺在床上。他有很长时间每天都要睡懒觉。

“有一件很不好的事情要告诉你。”世才观察着艾先生的表情，声音不高地很平淡地说道，“我昨晚丢了三千块钱。”

艾先生只从被窝里露出一个脑袋。他原来想一听到世才谈到失窃就装作吃惊的样子，但听世才说过了，又觉得那样也很没意思，所以他连动都没动，只用眼睛镇静地看着灰白的被角。过了一阵，他才慢慢说：

“就这事吗？”

世才老练地转过头去，不对着艾先生，又不动声色地说：

“我出去耽搁了一阵，走到胡同口看见有人从我家院子里出来。三千块钱也不算什么。人是活的，钱丢了还可以再挣。国家有的是钱，老死也挣不完。不管怎样，我不会把这事传出去。就连我爸妈我也不让他们知道。咱们是从小的伙伴，我才告诉你。你不说给别人，也就算了。”

“那不便宜了他？”艾先生用胳膊肘支起身子，打着哈哈说。

“便宜谁？都是人，都是阶级兄弟。我花他花，都是花。”世才宽宏大量地说。

“你不该出去，世才。”艾先生感到身上很舒服，伸手抚着自己的胸脯，“也不该不把钱存在银行里。”

“哼，为什么让银行沾光！我的钱都在抽屉里，人家倒没给我全拿走，够讲义气的。”

“不止三千？”艾先生有点愕然。

“到底多少，没个确数。我不愿提它了，草包。”世才站起。没等艾先生的惊愕完全消失，就冷笑一声，加重语气说：

“我不该告诉你。你躺着吧。”

世才一转身走出房门。艾先生望着门口，愣了半天。母亲进来了。

“世才跟你说什么啦？碰见我也没说话。”她问儿子。

艾先生又躺下了，说：“没什么。”他为自己的从容不迫感到一种奇特的兴奋。现在的他，绝不是过去那个自视清高忧思难解的艾先生了。他觉得轻松自在。

过了不久，艾先生才知道自己很害怕见到世才。他好像更喜欢晚上去街头转悠了。有一天，他竟将一个不太懂事的女孩子带到了酒馆。女孩子一直羞羞答答，但一直没提出走开。吃了顿丰盛晚餐，艾先生又约她某日在“老地方”见面。

年轻人的梦想让艾先生飘飘然起来。女孩子不好意思的脸总在他眼前晃，他已经想到自己不怀好意了，所以更是心猿意马，对她的欲望也明显起来，又新奇又动人。

那天艾先生没像一个很负责的情人一样去等她赴约，而是有意要晚去一步。他心中没有把握女孩子会不会如约而至，又不免后悔，怕女孩子见不着他就会离开，但是远远看见街头路灯下背靠电线杆站着的女孩时，他很放心地微笑了。

女孩子也看见了他，好像怕被人发现一样，左右张望了一回。两人不约而同地躲避到幽暗的地方去。

“你来晚了。”女孩子娇声责备他。

“对不起，我忙得够呛。”他煞有介事地解释。

"我爸让我一会儿就回去。"

艾先生听了，盯着她看了看，好像在辨别她的话是不是真的。"你爸知道？"他问。

"别'你爸''你爸'的，我爸是股长！"女孩子傲气地白了他一眼，"你该说'股长'。"

"什么牌的'股长'？"艾先生变得很警惕。

"管人的股长。"女孩子说，"谁要是想从教育行业跳槽就找我爸。"

艾先生激动得愣了半天，口里低声沉吟。

"你不读书吗？"艾先生胡乱说了一句。

"为什么要？我爸能给我找到好工作。"

"走吧。"艾先生忽然口气坚定地说道，"我才不稀罕'股长'哩。去他们的吧。"

看来女孩子并不对艾先生的话反感。他们肩并肩地向前走，从这条街上来到另一条街上。艾先生有心把这位股长千金镇一镇，在餐馆要了满满一桌子菜，对女孩子又殷勤又有礼节。

"不会就我们两个人吧。"女孩子眼含着兴奋，侧着脑袋很敬重地看着艾先生，"这一桌菜够十个人吃的。"

艾先生脸上换成了很冷淡的带着嘲笑的神气："你该回去了。那'一会儿'过去了。"

"嘿，艾哥，我干吗要走？我爸才管不着哩。"女孩子眼睛不瞅艾先生了。

艾先生高傲地笑了笑，然后挨着女孩子坐下。女孩子向一旁挪了挪，怕他碰着自己似的。这使艾先生很想一把搂住她的娇软的肩膀，就像个浪荡子一样。女孩子的胸脯不饱满，但那不是缺陷。艾先生在女人方面还没有经验，不像那种阅尽人间美色的老男人一样对女人胸脯特别敏感。对于艾先生，那里怎么样，根本无关紧要。女孩子身上迷人的气息就足以让他抵挡一阵了。他觉得思维特别活跃，兴奋使他脸色开朗。

“你有好多钱吗，艾哥？”女孩子天真地笑着。“我一猜就猜得出来。上次我就想到我交上一个有钱的朋友啦，因为你有钱，你就不大好好跟我说话，是吧。摆什么架子呢？”

“我摆架子了吗？嘿，我对什么人都好。”艾先生也在笑着，“我是个老好人。”

“你都做些什么生意呢？”女孩子忽然问道。

艾先生不慌不忙，向她夸口：“你听说过‘倒爷’吗？我就是做那个的。呸！我是不想再挣钱啦。钱挣够啦。两辈子花不完啦。我该好好享受生活啦。还有好多的事，给你讲你也听不懂。你想，倒上一部彩电，就能赚个四五百。倒飞机火箭那就更有的赚。”

“我家的电视黑白的，看了六七年了。”女孩子感慨万端，却只对彩电感兴趣。

艾先生给女孩子倒上酒，心思却跑开了。他没有自己的房间。如果他有一片属于自己的空间，他就可以把女孩了领到那里去。这酒是会把她灌倒的。

女孩子推开他给自己倒酒的手。两个人胡乱说着话。艾先生忘记自己没有酒量，连喝了儿杯，眼就不好睁开。女孩子在他眼中更漂亮了。她的笑容在他眼中飘忽不定。

“我就要这样活着，跟女孩喝喝酒，轧轧马路。”

他口里说的，也正是心里想的。他掌握不住自己了。

“嘿，艾哥，你喝得太猛啦。你会喝醉的。”女孩子叫道。她的第一杯还没喝完。

“不要紧，小家伙，我都二十岁啦，不是小孩子啦。知道吗？我当老师那年才十八岁。你这样的女孩子我一见就喜欢。”

“不，艾哥，说实在的，你除了有钱，啊，怎么说呢？……你长得一点也不帅！你一点也不仪表堂堂。”女孩子说出实话。

艾先生一怔，翻了翻眼睛，盯住女孩子，忽然低声笑了。

“我喜欢你告诉我这个。”他说话时舌头不大灵活了，眼睛也红红的，“你是股长的女儿，哦，你爸我认识。我见过他。我去求他。我说：‘股长，给我换个工作吧。’他就说：‘走开！你这个废物。你知道我姓什么吗？走开，废物，你让我恶心。’他就这样说……可是，我现在有钱啦！我发财啦……小家伙，有钱就什么都有了。”

艾先生絮絮叨叨地说着，手向身旁摸去，却发现旁边空无一人。他的脑子一疼，打起精神，只看见墙角柜台里面有个服务员正在耻笑他。那女孩子不知什么时候被他吓跑啦。

艾先生接连几天后悔不迭，每天夜里都去他们初次见面的地方停留，但再没能见到她。他倍感惆怅，心想也许自己爱上了她。那么，他就该想办法征服她。但是，他对她不是怀着恶意吗？如果占有她，不是因为怀着对她父亲的怨气鼓起的邪恶欲念吗？

艾先生不再觉得轻松了，但表面上仍然悠闲自在。他逐渐有点恐慌，因为平时大手大脚，那些钱少了一半。他没挣到一分钱，他的愿望就有可能落空。等他再次囊中羞涩，将只有慨叹时不再来了。他在默默筹划着。

夏季过去了，天空非常纯净，艾先生却一天比一天焦急。他在街上游来荡去，无所事事。他在观察着他人的喜悦和忙碌。

一天，他正盲目地乱走，忽听有人在背后喊他。他一转身，看见西关小学的李光荣老师笑容满面地从人群里向他走来。他很紧张，努力了几次，才使自己神态从容。

“你好，小艾。”李老师比当初更胖了，却不显更老。

“你好，李老师。”艾先生笑嘻嘻地说。

“多长时间没见你啦，大家都知道你日子过好啦。”李老师颇羡慕地打量着艾先生，“看你一身轻松，准忘了学校里怎样吵闹。大家都不如你啦。”

“怎么说呢？没有事就愿意四处走走，看看热闹。”艾先生扬了扬脑袋，目光高高落在对面一座涂成淡蓝色的楼房上面。

“你也跟着瞧不起我们啦，小艾。侯校长可不是东西。你知道他是怎么当上校长的吗？他有个老乡在当紧部门，这只猴子整天去溜须。你平日工作认真，但他就是要排挤你。他整人可有一套。”李老师重提往事，愤愤不平。

艾先生低头不语，咬着嘴唇。

“局领导过问了你的事，他们知道了真实情况。”李老师叹口气，向他透露，“你就会有好结果了，等着吧。可是，像你这样有为的青年，何愁没有出路？小艾，大家都想你啦。”

艾先生肩头一震。他抬脸望着李老师，不再掩饰真情，酸楚地笑了笑。

“谢谢啦。谢谢李老师啦。”

两人分手了。艾先生刚要走，忽然又朝李老师喊了一声。他快步向她跑过去，激动得气喘吁吁。

“李老师，瞧，教师节就要到啦，我记着呢。”他说，“我没别的表示，如果西关小学肯接受，我准备赠送学校一千斤冷冻鱼！就这样，拜托啦，请您捎个信，好吧？至于回去干老本行，我……我……我想好了，我不干啦。”

李老师几乎是惊骇地望着艾先生发红的脸，也像是感受到了他将在商海一试身手的豪情。半晌，她才点了点头。

艾先生的激动情绪一直没有平息下来。他偷偷数了数花剩的钱，打听好冷库的冻鱼价格，足够花的啦。花光之后，他将重新开始。

去年教师节，县城街道上都张挂了许多条庆祝的长幅，今年一条也没有。

那天，在西关小学上学的妹妹捎来了口信，学校愿意接受他作为成功人士的助学馈赠，并邀请他去做客。

后天，艾先生雇了辆小货车把鱼送去。估摸着鱼被分妥的时候，他来到了学校，仰着头，从容不迫地走到侯校长办公室门前。侯校长热情地迎出来，一条胳膊向前伸着，把他引到办公室。

艾先生咬着牙让自己露出不计前嫌的宽容神态。空气中飘着鱼腥味。

办公室里还有几个副校长。大家好像全都忘记了以往的不愉快。

“艾老师，真是不同以往啦。”侯校长温和地笑着，坐在艾先生身边的沙发上说。

“没有啊。我不会变。”

他彬彬有礼。他本想拿软话顶侯校长一顶，话一出口又很懊恼。他并不愿意像现在这样生活啊。他为什么下这种没有希望的预言呢？

虽然艾先生提醒自己沉稳老练，但是一面对侯校长，面对他的那张老脸、狡黠的不露声色的眼睛、像被热水烫过的砖红色的皮肤，艾先生就不由得感到心跳。他暗想，说上两句冷淡而有力的话，立马告辞。

“哈哈，艾老师啊。”侯校长点着脑袋，忽然神色一变，很沉痛地低声说，“艾老师，对不起，当初也是迫不得已，有编制问题，也有大家的意见，我也为难啊。”

“侯校长，我是记得的。”艾先生似乎不以为意，“我是记得这些的。艾某人不配在贵校做下去。你想，教育能力有限，表现又不好。评分那次，你不是这样写的吗？我是谁呀？一个不合格的教书匠。我去你家，你都不认识我。在街上碰见，你根本不知道我是谁。”

艾先生开始激动了。他想站起来。一吐闷气的时候到了。还差两句话，他就要很潇洒地跟这个讨厌的家伙告别了，从此，一去不回。

但是，侯校长按住了他发抖的手。“艾老师，你说的这些事我都记不起来啦。请多原谅吧。”他说。

艾先生不能再坐下去了。他必须离开了，趁着两个人还没有发生表面的冲突。

这时候，从外面走进一个人来。艾先生抬头一看，正是局里的人事股长。

真是冤家路窄。他是代表局里来学校向老师们表示慰问的。在艾先生还没有镇定下来的时候，侯校长已经舍他而去，站起身跟股长寒暄起来，又郑重又活泼。其他的人也都拥上前热情空前地跟股长说话。侯校长跟股长坐到另一边的沙发上，说一说公务，又道一道私情。

艾先生确确实实地被他晾在了一边，他就再也不理会艾先生了。艾先生从头到脚地凉了。他能换回体面的机会永远地错失了。别的人也不朝他看，围着股长组成了一个热烈的谈话的圈子。

艾先生恓惶不安，一下子猥琐起来。他不是侯校长的对手。他不是。

老奸巨猾的侯校长懂得怎样反败为胜。

再坐下去，只会增加艾先生的狼狈。

怎么办？怎么办？

艾先生脑门上冒出汗珠，很沉重地滚落下来。往日在学校受辱的情景又浮现在眼前，像尖玻璃一样扎着他的心。

他只是个毛孩子。他轻轻哀号了一声，站起来。

地面在摇晃。没人理他。

艾先生再次失败了。他再也顾不得体面，拉开办公室的门跑出去。他在校园里走。他觉得校园真大，真广阔，无边无际。他跑到街上，茫然四顾，然后就孤独地恓惶地走下去……

天黑了，人声息了。艾先生又出现在吉祥胡同口。他带着丧魂失魄的样子在那里徘徊了一阵，然后就一步步向胡同深处走进来。一个人影迎着他走过去，他好像没看见。等影子从他身边错开，他才发觉，好像吃了一惊。他悄悄跟上，用胆怯的声音低唤着：

“世才。”

人影继续向前走。他又低唤了两声：

“世才。世才。”

在寂静的黑夜，人影停下了，慢慢转回了头，疑惑的目光扫视着他。抽了下鼻子，像闻到了鱼腥味，他就说：

“世才，食有鱼乎？”

凤栖梧

我们极像做了场大梦。

梦有多长？至今也没能做完，恐怕还要子子孙孙做下去。

在那样的缥缈大梦中，人人得其所哉，习与性成。所享尊荣，尽都来于老实街民俗淳厚。看那行住坐卧，不矜而庄者有之，怡然自乐者有之。

从祖先接过来的日子，一如天际草色烟光，绵绵见不着个首尾，端的时好时坏，这个却是不变，甚至老实街也像并未消失。

被拆的老街是去了另一个地方，另一个时代。不想倒罢，一想便如神明，保准离你不远，近得让你仿佛抬头望见一只大白馍馍。

不管流散何处，老实街人居家，馍馍一日不可无。闻不到馍馍气味，踏实得了吗？大白馍馍热腾腾、圆鼓鼓、光灿灿、芳馥馥，好像人世间本来就有，跟头顶的天、足下的地，跟老实街上清冽不歇的涤心泉一个样。

街南口的苗家，就是做馍馍的。

每日的某个时辰，馍馍房揭屉出笼，好看的白汽蒸腾而起。长长一条老街，流漾着新馍馍诱人的麦香。人们早就习惯了。从嘴含乳头的那点儿年纪起，就对这馍馍香不陌生。说不准更早，从受孕之日也未可知。而在老实街人的记忆里，那馍馍房也像本来就有，一直都在。

恰恰好，人都说苗家住的是座废弃的土地祠，至少翻建过。祠门砖额上的字迹，尚隐约可寻。渊博如芈芝圃老先生者，指认那是“福德神祠”四个字。

苗家馍馍房，就在原祠庙东耳房的位置，挨着老街呢。也是从很早，馍馍房的主人叫作苗凤三，及至老街人离别故园，也依然叫作苗凤三。

搭眼看这人，不像个和面做馍馍的，倒像缙绅名流，看不出市井中一般人老想发财的意思，脾气也超好。

能这样和颜悦色的人，是认为世上没什么值得相争的。

再看，却还是个馍馍房师傅。从头到脚，干净，一星半点儿的面粉也沾不到身上。春去秋来，面庞总不见老，白里透红，润泽有光，像常去美容院做保养。馍馍房不缺蒸汽，日日浸濡，可比面膜管用！

馍馍房何曾衰败过？捎带着时刻免费“美容”，不怪苗凤三浑不知就把心底的快意给溢到了面孔上。

“不管到了哪个年代，你得吃，你得穿。”

不满足，就不会对人说这些话。

吃穿共两样儿，宽厚圆融的苗凤三占一样儿。民以食为天，这还是头一样儿。又不是高攀不起的山珍海味，单单是价廉而必需的馍馍。

作为一个与世无争、从不想发财的人，他没有理由不怡然自乐。春风得意马蹄疾，连他日常的脚步，都是翩然轻快的。

其实，身轻如燕才是苗凤三让人首先想起来的形象。

曾几何时，老实街上苗凤三会轻功的传言就有。

三月三，放风筝。有孩子的风筝落到李铨发制笙店的屋脊上。当时苗凤三还没成家。出老街会朋友，喝了几两烧酒回来，正巧遇到，二话不说，助跑几步，噌噌噌，蹬着墙皮就上去了。把风筝丢下来，一个鹞子翻身，稳稳跳到地上。立在那里，利利落落，赛棵青松，几两烧酒当不得事！

这是老实街人唯一一次亲眼看他施展功夫，是对他会轻功的验证，后来也被大家越传越神。

人们没少撺掇他给大家重新展示，他却只笑说：“我怎会那个？”再不承认的。

他越是不承认，人就越是认为他深藏不露，越是认为他功夫了得。连他怎么练出来的，都渐渐猜出个八九不离十。

苗凤三常会的好友，是后佛楼街上的，姓鹿名邑夫，就是他的同门师弟。两人一块去泰山桃花坞找了练家子拜师，回来后又一块苦练切磋。

后佛楼街人说了，两人练功的秘密场地，一个是城南佛慧山的黑风口松林，一个是鹿邑夫自己家。门一关，就是哥儿俩的世界。

细心人看过，他家屋梁都在发亮，桌子腿儿格外结实。

鹿邑夫练出了七七四十九招，笼统叫了“邑夫神气”，却又并不讳言，“邑夫七七盈天招，不及凤三易口诀。”

此中关节，也是两个。

非魔非道，动辄神啊气的，外行人不知为何。

人人生来沉重。刚满月的婴孩，他人久抱尚臂酸，更何况七尺男儿？不靠了盈虚神气，如何能将这俗浊赘重肉身提升？所以，名为练功，练神气才是重点。

神气自如，身子自然轻逸。

气从何来？那易口诀有多厉害，就全在这个“易”字上。当“易”之时，可谓倏忽快哉，气息全出。气在起承转合之间流动，如潺湲之水、舒卷之云，方为佳境。

邑夫神气四十九招，相比于易口诀，招招都是笨法子！

既然鹿邑夫这么捧苗凤三，怎不把易口诀学了？师出同门，不会也染了那没出息的小家子气，各自防备起来？

每逢此问，鹿邑夫便笑而不答。

若按投桃报李之说，苗凤三也该回捧鹿邑夫，但在这济南老城里，听鹿邑夫说苗凤三是自己师哥的多，听苗凤三说鹿邑夫是自己师弟的少。可见世上有种情谊，是一般的头脑想不出的。

这鹿邑夫，生得短小精悍，瘦骨嶙峋，却铁样地硬棒，不像一说起会轻功，就身手绵软。那小眼睛，黑油油，再浓的墨也描不出。

与苗凤三不同，他从不忌讳在人前“露一手”。

说着说着话，就有可能一下子蹦到山石上去。只要是高处，不管是个小土堆，还是一个石阶，都会是他蹲踞的地方。题壁堂的高墙、佛楼屋脊、参天的大树，他都上去过。不知这算不算得飞檐走壁。

人们能看到这些，也知足了。真的飞檐走壁，好像只适于月黑风高的夜半。

他还常说练功最实际的好处是，能去身心滞、闷、恶、阴、霉、浊之气，留下的只有沛然之清气。他已经收了两三个少年徒弟了。

说不定哪一天，他会捺不住，把全套的功夫，将那飞檐走壁的本事全都当众展露出来。可是那一年，桃花坞的师父犯案丢了命，他们想法子跟师父见上了最后一面。

回来后他至少是沉默了。

他做了裁缝。

这老哥儿俩一个弄吃，一个弄穿，都过得无忧无虑。

鹿邑夫双手灵巧，裁缝的名气渐渐盖过了武功。尽管趁着年少气盛欢实过一阵，可天长日久，后佛楼街的人就忘了他的世界有过这段了。

逢年过节，苗、鹿两家都会像亲戚一样走动。鹿邑夫来老实街，苗凤三好酒好菜地款待。嫌屋里窄憋，常常把小饭桌往院子里一放，哥儿俩就对斟对酌起来。

为助酒兴，免不了划个拳，猜个枚，俱各文雅，从不会大呼小叫的。一来二去，人们就看出这鹿邑夫喝酒不大节制，每喝必醉，起了酒意就围着院中一棵梧桐树乱转。

那老梧桐生得高大笔直，屋脊之上才有分枝。

顺树干仰望，疑似通天。他也就望望而已。

临走，苗凤三总会让他捎去十几个大馍馍。他喝得晃里晃荡，走不出街口就可能把馍馍撒落一地。为此，苗凤三让家人专为他缝制了一种布口袋，绳子一扎，口就收紧了。起初他不会再将口袋带来，苗凤三就为他准备一只备用。后来才成习惯，每回都是带了口袋来老实街，好装馍馍。

苗凤三送他馍馍，不为别的，就为“家里有”。

做馍馍用不着高深的技巧，不见得就比别家做出来的好吃多少。要说好吃，都好吃。保证了用水、用料，面揉得筋道，醒到火候，不是故意把馍馍“气死”，就不会太差。

故意把馍馍“气死”，希图什么呢?

做好裁缝的要求嘛，平心而论，比做馍馍要高。

不是苗凤三有意谦虚，是真心话。

“兄弟，你那把剪子，我使不来。”他对鹿邑夫说过，“我只会搋。”

他的膀子已有些圆了，不像鹿邑夫，还是那么精瘦。

从苗家馍馍房前走过，常能看到苗凤三光了半臂，在房里一心一意搋面。

搋！搋！搋！……

水来自涤心泉，面选了合格面粉，其余能下功夫的地方不多，得好好搋才是。

搋来搋去，馍馍房用上了机器，连搋也不用了。

机器多厉害，那搋面的胳膊算什么！每回干活，都得防着点儿。安全第一。

世上偏有迷手工馍馍的，但苗凤三决意不动手了。即便是手工的，也还得放在电蒸笼里去蒸。手工馍馍是好，但时代往前走了，要真舍不得过去那点子口味，你等挨饿吧。

他这个馍馍房师傅，渐变为纯粹经营。

过去做过一斤一个的大馍馍。年节为摆供专用，做过五斤、十斤一个的。一般一斤出三个。后来人们肚里油水多了，主食减少，就一斤出五个。还出过袖珍型的，一斤九个，起名“馍丸子”，小孩能拿来当零嘴儿。又增新品——蒸干饭。电蒸笼蒸出的大米干饭，瓷实又不失软糯，口感特优良，非那些忙碌人家的“急就章”可比。刷锅淘米的，费多少事，不如买来实惠。

苗家馍馍房兴旺，大有道理。

街上的芈芝圃老先生，主动给馍馍房写了匾额。

原来，这馍馍房连正经店号都没起！早年间只在临街墙壁上用石灰水草草刷了“馍馍”字样，因在屋檐下，倒没被雨水淋去。

芈芝圃老先生写的，你猜都猜不着。

是什么？

“凤栖梧”三个字！

苗凤三不安，因他还从没这么招摇过。

“凤非梧桐不落。”芈老先生娓娓解释，“你是生逢其时，名字里又有‘凤’字，院里又有梧桐，故曰‘凤栖梧’。”

苗凤三到底羞了一段日子。

鹿邑夫来会他，他满心不想让鹿邑夫看到，而且准备好了一旦他看到，就连说三遍“这个不好”。当然不是说字体不好，是挂了招牌不好。

喝酒时照例少不了爽口的醋熘大明湖白莲藕，酒也是好酒。那天，邻家几只白鸽也来助兴，在屋脊上咕咕叫了不算，又飞到梧桐枝上去叫，然后飞下来，落到眼前地上。

显见鹿邑夫酒兴未起。为诱他多喝，苗凤三反多喝了几杯，不觉间双目已蒙眬。

当年，他就是乘了酒意，跃上屋顶给小孩拾风筝的。

若不喝酒，就不拾了吗？

怎么忽然想起这个来？他摇摇头。

咕咕咕。一只鸽子饱吃了他刚才丢在地上的米粒，就展翅向树上飞去。苗凤三的目光追着它，眼睛里飞起一道白色影子。

鹿邑夫这回没喝醉，对“凤栖梧”的招牌，自始至终，都像没看到。

苗凤三目送他拎着一口袋馍馍走出老实街，不由得心头泛酸。

近年，鹿师弟有些走下坡路。

人吃饱了是不是不用穿了？不是的。但去商店看看，卖布的柜台都快见不着了。左邻右舍，不说扯布做裤子、大褂的绝迹，也已是极少见。馍馍、米饭买来吃实惠，家常衣服去买，也比扯布去裁缝店定做来得经济，样式又多。衣料子也结实，苗凤三有件蓝呢大褂，穿四五年了，还是簇新。

同气相求，那鹿邑夫也不是老想发财的人。裁缝店冷清挡不住，他本可以看淡一些。但他来老实街，看不见“凤栖梧”，说明还是在意了。

他跟苗凤三情谊深厚，按说怎么着也得应付一下。心里不得劲儿，背后去体会。

还是那句话，世上有种情谊，是一般人用脑子想不出的。

苗凤三不可能将那匾额摘了去，渐渐连他自己也像看不见了。

有夸那字的，他不随着看，嘴上说：“小本儿生意嘛。”这话好。

一个外地游客搭眼看见，竟问：“是斋号吧？”老实街人也蓦地一惊。

看那苗凤三,一团和气，虽衣袖半挽，却仍透着超逸，真的是配有斋号的名士样子。

馍馍房起斋号，新鲜。

但凡有夸字的，都会很快传到芈老先生耳朵里。

黄家大院一向深居简出的芈老先生，有时也会坐到大门口去。他的眼睛不由得一次次乜向馍馍房。这一天，一个外来人引起了他的注意，街上好像突然变得特别安静。外来人光脑壳，壮实，走路勾着头。他从黄家大院门口走过去了，果真是要到馍馍房去的。

过了半个时辰，芈老先生已回屋里，年逾六旬的儿子走来告诉他，苗凤三今天遇上个难缠的。他马上想到了那个光头，“哦”一声。本不指望一个粗人会夸他的字。

“县东巷一个青皮，非要拜凤三为师不成。”

“学做馍馍？”

“不知从哪儿听来的传言，非要跟凤三学轻功，学飞檐走壁。”

芈老先生不知道这个人叫小丰。畏他的不只是老实街人。怪不得他一走进老实街来，霎时就一片寂然。

苗凤三怎会收徒弟？学做馍馍，不用拜师，自家爹娘就能教你。要学轻功，就是笑话了。苗凤三怎会那个？听谁说的？瞎掰。

小丰不像过去，到哪儿去都是神鬼惹不起的样子。这回来老实街还算知礼，没成群结伙、吆五喝六。在苗凤三跟前，也没一句话不中听。他是藏着忐忑呢。既然认定苗凤三身怀绝技，断断不敢冒犯。既然要拜师，他这路人，知道点讲究。

好不容易把他支走，苗凤三就暗自盘算。

无风不起浪，怎就把这路人招了来？多少年了，谈过往事和武艺吗？什么轻功，都是当年鹿老弟信口说的。说着说着就走了形，没边没际了。可是，多少年过去，鹿老弟也管住了嘴。不是夸，鹿老弟也精爽着呢。

想来想去，还是疑到匾额上。

至少，匾额是个引子。

头一次看到匾额，没有不夸那字的。夸了很多次的，也不罕见。

倒有不夸的，仅是他的师弟。师弟没夸，至今没夸。

他只是做了个小本儿生意，不想怎么着。

再想想，这不是跑大街插了草标吗？

苗凤三真是为了难。

这天夜里，多少年头一次睡不着了。苗凤三披衣下床，走到院子里，围着那棵老梧桐树，一声不响地来回转。

对鹿邑夫，苗凤三早看出了问题。他比自己能端。凭他那股灵巧劲儿，要是再圆融一些，不至于弄到危机四伏的境地。不过也不太晚。

他这样有经验的老师傅，即便做做老衣裳，也能拓出一片天地。偏他在这上面不怎么上心，老衣裳不做，旗袍、唐装不做，一应少见的奇装异服，都不大做。要么是不愿伺候死人，要么就是不想费心思。他愿做大众化的、家常的，且为活人做。街上流行中山装，他做中山装。一副样子，略加改动，就应付得了。女人的裙子，难不住他。流行西装、夹克，甚至喇叭裤，也做得来。

一句话，他当裁缝只想过得去就行。

嗯，或许他认为这一切不值得他费心思。

人生在世，不费心思怎么行得通？

人人不费心思，回到初民时代，腰上围片破布就得，更用不着裁缝。

在愿做的上面，他却是下了功夫的。比如中山装，老城里没谁比他做得更合体板正。大氅什么的，不管男式女式，都没的说。

这是他的底线，他只能为人服务到此了。多一步，不能。

学徒他也收。那时候看不出他怪，人家也很愿意跟他学。

被人叫着师父，他觉得有面儿。也是和颜悦色，也是生活满足。

只有苗凤三能看得出，他的身后还站着一个人。

一到夜深人静，那个人就会飞奔至幽暗的旷野上，闪展腾挪，神气盈天，上接星辰。

做活做到了形神合一，手起风生的意思自然会流露出来。

那时，人能看呆。苗凤三就知道，那个人啊，其实不是站在他的身后，是藏身在了他的衣服里面。

谁想得到，这样的衣服竟越裹越紧巴，快要藏不住了。

苗凤三有心劝他改，却说不出口。

“老弟，做点老衣裳吧。”不像话。

“以后什么活都收……”嘿！都这岁数了，不缺吃喝，争什么呢？

鹿老弟是对的。鹿老弟才是看得开的。反倒是自己，活得过于用心了。为一块匾额，掂对来掂对去。

这么一想，苗凤三就心中有数了。

苗凤三寂寞不了，他担心鹿邑夫寂寞。为解鹿邑夫寂寞，不等到年节，就频繁去后佛楼街与他相会。自然，每次去都会带馍馍。

将来还能没馍馍吃？最低有馍馍，就没有怕的。那就开心起来。

这是发生在小丰求师两个月之后的事情。二人你来我往，四五天就能见一回。

小丰一去就没了消息，不然肯定会打搅到他们。

看他们往来，我们会想，幸好小丰死了心。若苗凤三有功夫，也不会收他这路人。

好东西，不是人人都配得上的。

我们眼光雪亮，因为我们有很多眼睛。这很多眼睛看了出来，不论他们是谁，从老实街上走过，脸上似乎都带了年轻人的腼腆呢。

往事并非如烟，我们老实街人从没忘记苗凤三从制笙店屋顶上一跃而下的洒落。老实街一个光辉的黄金时代眼看就要来临，绝不是我们哪一个人的预感，而我们更多的记忆也被纷纷勾了起来。

他们哪是走路？是操练起来了！不过是预热，趟场子。

把场子趟得更阔大，以后才好施展身手。也是在暗聚混元之气，毕竟委屈了一些年，精气神儿走失了不少。

好戏，得稳着来。

当年舞大刀的，哪个不是先弄番拳脚，连带向四方作揖告白？

人们亲眼所见，他们的面庞、身姿都显了年轻。那就是沉睡在身上的好东西即将醒转过来的迹象，而我们也早已捺不住心底的蠢蠢欲动。有愿先看单练的，有愿先看过招对决的，暗地里免不了争论。

单练呢，鹿邑夫肯定先出手。又说苗凤三可能没有鹿邑夫好看。鹿邑夫套路多，法子笨，却欢腾。踢腿、翻跟斗，眼到手到，黑眼珠叭叭叭往周边抛豆子，包刺激！

但有的说，还是看苗凤三过瘾。苗凤三念念有词，气沉丹田，长身舒展，能摄了你的魂去。要不鹿邑夫也不会自言“不及凤三易口诀”。

倒不知这易口诀、邑夫神气，久不熟习，被他们忘了没有。

一两个月就这么过着，一同吃馍馍，一同喝酒，一同闲谈。泉水、小吃、时事，都是话题，跟大明湖的莲藕、黄河的鲤鱼、划拳猜枚一样，都可助酒。

酒意上来了，原处坐着迷瞪一会儿，不妨。

以往，哪有过如此静好的时光？

可是，苗凤三每回都会感到鹿邑夫有什么要对自己说，特别是他来馍馍房的时候。鹿邑夫有一句什么话说不出口。他还是不看那匾额。

苗凤三实在想不出匾额能碍着他什么。

如不妨碍，怎会一眼不看，一字不提？

莫不是他也看作了草标？苗凤三暗暗颔首。有这可能。怎么成了卖的？他接受不了。可是苗凤三又不禁笑了。

卖，又有什么不妥？不过是卖馍馍。

芈老先生德高望重，专给他写了匾，算得他苗氏的殊荣了。

不说老实街，外面的人去黄家大院求字的，时见，哪个不跟得了宝贝也似？

在屋里坐不住了，他跑到街上，回头对着匾额瞧了又瞧。

他反倒坦然起来，不觉舒叫了一个字：

“好。”

匾额上的楷书，跟屋檐下那几个草草的白石灰字迹相比，果真熠熠生辉。

“凤栖梧，”他又兀自说，且连连点头，“好。”

他的声音飘入微风，随风散去了。屋脊上几只白鸽子，也跟着飞起。他感到身上投来一道目光，好像芈老先生正远远地盯着。

确实的，匾额挂上了这么长时间，苗凤三还没夸过一次，也没正经对芈老先生表示过感谢。他失礼了。

他得补上。

没容他补情，就迎来了一个多年未见的仪式。

不知那小丰受了谁的指点，找了个懂世故的老头子请教。那老头子安排他备了个黑漆食盒，装了肉干、芹菜、莲子等所谓“六礼束脩”，由他的两个狐朋狗友从县东巷抬了来。老头子陪着，干巴巴一个人，远看活像鹿邑夫。及至近了，才发现没有鹿邑夫那样亮的脑门和黑眼珠。嘴上稀稀拉拉几根有弯有直的黄须，跟脸皮一个颜色。边走还边捻着，让人担心捻断。抬来的食盒，如今也不多见了，过去也是殷实人家才有的。

小丰虽像上次来老实街一样规矩，但仍旧没人敢去招惹，所以也就没人多问。他们径直走到馍馍房。那老头子上前跟苗凤三说话，并递上一张名片。后来我们得知，他竟然还是济南市知名的民俗文化专家，上过电视。没想到真人跟电视上的差别这么大。

真新鲜啊，原来小丰鬼迷心窍，非要拜苗凤三为师不可，老头子也便为他设计了这么一出不伦不类的拜师仪式。

可想苗凤三该有多么不乐意。

那老头子巧舌如簧，撅起胡子，口吐飞沫，把“投师如投胎”“生我者父母，教我者师父”“薪火相传”以及“自行束脩以上，吾未尝无诲焉”说了万遍，一再表明小丰的诚心。苗凤三站在馍馍房门口不动地方。老头子给小丰使个眼色，小丰就把由老头子事先撰写的投师帖，往苗凤三手上送。苗凤三两臂张开，不接。老头子口上夸着小丰是个“有志青年”，心里也是着急。抬食盒的误会了他的眼色，硬要往屋里闯。我们都看出来苗凤三也有些急了，老头子却把他们拦下，连声叫：

“走正门走正门。”

这差不多引起了我们的敬意。真个是知书达礼之人。抬食盒的和小丰匆忙转头去找院子正门。苗凤三见状无奈，只好由他们去了。

起初我们怀了担忧、好奇看热闹，但现在已不是。

天地君亲师，当不得儿戏。

此时此刻，人们抬头，若见红霞喷吐，祥云缭绕，耳中若闻鸾凤和鸣。

我们也跟着拥入苗凤三家的院中。那苗凤三已从馍馍房的后门走进来。

想那民俗专家也是见机行事的人，情势不利，就给你来个“生米煮成熟饭”。不管是拜祖师、拜师父，先拜了再说。只听他在前面又连声叫：

“快拜！快拜！”

小丰闻言，扑通跪地，纳头便拜。

“且住！”苗凤三忙喝道。

那小丰登时住了。

“我不会那个。”苗凤三说。

“您是真人不露相，露相不真人。”民俗专家说着，又急给小丰使眼色，让他拜了了事。

苗凤三已比刚才平静。这股静气却压住了小丰。

“我且问你，”他诚恳地说，“你要蹦那么高，做什么呢？”

别说小丰，就连我们也不由得仰起脖子，顺着梧桐树的树干往天上望去。祥云、红霞，哪儿去了？只是平时看惯的天空嘛。鸾凤也没有，几只鸽子在梢头咕咕叫，像是不解院子里为何会有这么多人。是啊，蹦那么高，做什么呢？蹦得再高，高不过飞机。蹦再高也不过是个把戏，没的去做飞盗。若玩把戏能成终生的事业，他怎会做馍馍？

望着望着，有人绷不住，笑了。

院子里随之哄堂大笑。

我们看见小丰似乎也笑了。“嘿嘿。”干笑。

“接着，爷们儿。”苗凤三随手向他投过一只馍馍。他没能接住，馍馍掉在了地上。苗凤三又接连给别人投了几只。

大家都嚼起来。

也别说，苗凤三家的馍馍就是好吃。

苗凤三扶起小丰。“我不会那个。”他又说。

小丰低着头默默向院外走，手里还拿着那个红色的投师帖。苗凤三又让他带来的人把礼盒抬了出去。

老民俗专家在院门口回看了苗凤三一眼，擦擦额头——他竟出了汗——又对苗凤三一笑，也不知什么意思，让人很费猜疑。

至此，苗家院子里才重归安静。

一想起这天的事情，我们老实街人就忍俊不禁，特别是见到后佛楼街的鹿邑夫。估计鹿邑夫也很纳闷。

当时最逗的，无疑就是那个老民俗专家。

他长了什么样的胡子呀！黄不说，还有的直，有的弯。听他说的那些话，一股子酸气。

“自行束脩以上，吾未尝无诲焉。”

怪不得一个青皮也能把他招徕。

不过，我们老实街人一向厚道，不会把不好的想法说出口。

实际上，我们对小丰的印象已大为改观。

不怎么可怕嘛。年轻人爱想入非非，但能放下身架学跑学跳，也是一种上进，而他只是让人虚惊一场，最终带着他的大食盒和投师帖，老老实实走掉。他要把苗凤三这么对他当成侮辱，那才像他以前的做派。

在我们老实街淳厚之风的浸染下，他或许就改邪归正了呢。

不知苗凤三跟鹿邑夫说没说过有人要拜他为师，估计是不说的。我们不禁设想，假如小丰退而求其次，去拜鹿邑夫，鹿邑夫会不会答应？

想来想去，觉得不会。

能结交一辈子，肯定是同路人。

这就有点可惜了。好东西不拿出来，不瞎了吗？

小丰品行有亏，但若被他们收了，再弯巴的树也能给捋直了，岂不对社会有益？

隐隐地，我们至少对苗凤三有了点意见。人倒是离不开馍馍，可馍馍谁都能做不是？一个谜团，摆在了我们面前。

我们好像又看见那天老民俗专家对苗凤三的回眸一笑。

不能否认，苗凤三日子过得不错。芈老先生给他送匾额。人们也只差叫他一声“苗老板”。可是我们觉得，设若真像他说的那样，“不会那个”，这体面也足够了；设若不是，就不知哪里欠了。

人活一世，不是要威风一些的吗？特别是男儿，不是要能建立起伟业，以豪强的义气和精湛的技艺，赢得响亮的名声吗？

一辈子弄馍馍，可屈杀了英雄豪杰。

一辈子弄衣服，鹿邑夫活成了干巴老头子。加上几根黄须，能让人笑死。

只能说他们还在静等一个气冲云天的时机。快了，就快了。

苗凤三有大本事，不露而已。对小丰的拒绝，也是对他的必要的考验。

接下来，就看小丰能不能争气了。他若狗改不了吃屎，神仙也帮不了他。

这样想着，我们觉得痛快一些。小丰来拜过两次，相信还会来拜第三次。终有一天，无比的执着和诚心，会让苗凤三打开自己那个隐藏的神秘世界。

比老民俗专家闪亮的干巴老头儿鹿邑夫，又走在了老实街头！

当然，一只布口袋照旧拎在手上。口袋显得沉而坠，必定装了一瓶酒。

我们到底忍不住了，拥入苗家院子时赶上哥儿俩在静静地猜枚。饭桌上一只酒瓶，上面竟写了“内部招待专用”的字样。他是偶得了非卖品的好酒，就急来老实街分享。只见他们手上娴熟地翻着花样儿，却不大呼小叫。我们不客气，索性替他们叫出来：

“哥儿俩好啊！”

“三星照啊！”

“四喜财啊！”

“五魁首啊！”

……

苗、鹿在家喝酒时猜枚划拳，人们以前见过，只觉说不出的舒坦，却并没怎么在意。这一回简直开眼，还不由得联想到那天苗凤三随手给小丰丢馍馍。当时小丰没接住。他能接住吗？

那动作，太快！底子在那儿呢。

我们叫得欢腾，但他们除了右手腕之下，全身就没动过。

没谁做得到。那几根无声的手指，也快，也轻，似乎每根都有绝世神功。

渐渐有些恍惚，不知是要叫“八仙到”，还是给个彩。一两天过去，人们脑子里还全是这两人在扬眉瞬目间神出鬼没的手指。

而对小丰，大家也开始暗暗摇头。实话说，他配不上！苗凤三考验过他了，他显然没那灵敏的反应。说白了就是个市井俗人，在苗凤三面前不过是因不知底细才收敛一些。什么样的好东西，也不能落在这种人手里。若他有了神功，那就可着糟蹋吧。

我们又觉得痛快了一些，因已确信苗凤三对小丰的拒绝正合我意，但我们都低估了一个不良之徒的可恶。

噹噹噹！

一阵急促的镗锡声，把我们从午睡中惊醒。

那是入伏后不久，天气热得让人穿不住衣服，正午时分更是日头揭头皮、石板烫脚底，没谁愿意在街上走。

锡锣声一响，像是空气里有什么东西碎裂了。很多人出门一看，馍馍房那儿立着个铁塔般的大汉，光着膀子，露出一身疙瘩肉，穿一条缅裆裤子，叉巴着两腿，边敲锣边来回地疾走。我们脑子里马上想到这是练家子的。

看那架势，不是叫阵来了吗？敲得够了，放了锡锣，紧紧腰身，架起胳膊，绷起胸脯，捏了双拳，瞪了俩牛眼，果真就听他对着馍馍房，声如闷雷地自报家门：

“老少爷们儿，在下高卫国，曹州人氏。行不更名，坐不改姓。牛皮不是吹的，泰山不是垒的，黄河不是尿的。不买不卖不舍不化，就为练几套玩玩！”

按说我们老实街人善避凶险，本不会主动靠近，但那是在苗凤三门前，有什么可怕的？惹得苗凤三性起，不打你个满地找牙才怪。于是，呼隆隆，顾不得炎热，人们就从老实街两头堵了过去。有的还放胆跟着吆喝了一两声，像是起哄。

那人也是闲话少说，往蒲扇大的手心吐了口唾沫，呼啦啦先练了一路拳，还说叫什么“美人照镜”。

我们见他打过来，就赶忙往后躲闪，不敢再出声——那拳脚砸在身上，估计没谁受得住——心里还想，这场景最好苗凤三能看到。

苗凤三这会儿还睡着吗？能睡得着吗？馍馍房门口只守着他家一个叫羽子的女工，怕是一时忘了去叫苗凤三。

那人将“美人照镜”收了势，随着大脚一跺，噗的一声，地上的石板颤三颤，馍馍房上的匾额似乎也晃了两晃。

呀！石板缝里挤出了一股泉水。

外面动静这么大，苗凤三就听不到吗？故意的吧？

还没喘口气，那人就抄起一杆长枪，朝空中猛一挑，红缨子舞成一团，像阳光下哧啦蹿出一朵红火绒。

枪尖不见了，只这朵红火绒把人的眼睛吸引过去。忽上忽下，忽左忽右，带着风声，要么如蛇蜿蜒，要么如箭镞直射。看着红火绒扎在天上，一忽儿又猛扑在地上，几乎钻进石头里。

这长枪舞得煞是好，却听噼啪一响，人都不知是哪里发出来的声儿了。

那人突然舞不动了。也许因为老实街上空间有限，长枪卡在了墙上，他也只得往后一退。馍馍房上的匾额被打中，随之掉落在地。看他的样子，我们认为这是他的失误。

在他将长枪也收一收，又要去舞时，苗凤三出现在了门口。

那人慌没慌？没有。他上门叫阵，要的就是这个。

枪尖乱点，不但没有挪到别处，反而围住了苗凤三的身子。

那女工已吓得缩脖捂嘴，而苗凤三依旧不躲不闪，倒在我们意想之中。就等你挑衅够了，只消伸出一根手指，轻轻一拨，那长枪就得当啷落地。

我们紧紧盯着。苗凤三没动。枪尖也没离开的意思，更来了兴头似的。眼睁睁看见，点得最近的，到了他的喉头，真让人替他捏把汗。

“哈哈哈！”那人不由得放出了狂笑。

这就让他身手慢了些，那枪尖也终于掉转了方向。在他躬身跳跃之际，他还问人：“听没听过？‘打得精，宋骏通。打出火，高卫国。’”

四下当然没人回答。

“宋骏通是我师父。”他说。

那枪尖又游回来，从苗凤三跟前过去了，没停。

“引蛇出洞法！”

他一腿向前大大一伸，一手持枪，跟着捅出去。反身回抽，长枪又落到了另一只手上。身子一旋，长枪就呼地抡了起来，再次从苗凤三眼前划过，又没停。

我们有些捺不住。出手啊，凤三！人都这么激了。要真不行，就往后站站。万一那人出了闪失，伤着就不好了。

“打出火，高卫国！”

那人又快了。

可不，枪尖淹没在那红火绒里了。

枪尖不是在苗凤三跟前没停，是当他不存在。

苗凤三，不要你使指尖将长枪弹出去，你就叫声好！你叫声好，我们也跟着叫，想必不会惹着那人。

红火绒在明亮的空气中燃透了，那人也戛然将这路枪法收了势。枪头下只是长长的红缨子飘起来。

我们不管苗凤三的反应，给了那人一片喝彩声。

如果到此为止，我们还不会有那被羞辱的想法，或许他真是为求切磋。不料放下枪，他又拎了颤悠悠的大刀。本以为会有更唬人的，他却只是拿大刀这里扑一下，那里扑一下，虚张声势地扑了四五下的样子，就住了，从地上捡起衣服，掏出一块手表。

他在看时间！

然后，他抹一把头上的油汗，将大刀、长枪拢在肩上，拎起铴锣，扬长去了。

刚才的事情就像没发生过。我们愣了大半天。

后来我们得知这人竟是小丰给弄来的。他能找来老民俗专家，弄个会武艺的人来想必也没什么难的。他按时间给钱。那人当着我们的面看表，我们马上就想到他是掐着点儿来的。

他一个刀片子也不肯多扑。

我们老实街人就像被耍了。

苗凤三有什么表现呢？指望他用指尖打掉长枪？妄想。不但一句话没说，还在那人走后，没事人一样，把被打落的匾额给挂了上去。

小丰这样的人，守不住让他得意的秘密。老实街的苗凤三是怎样被他买来的高手肆意戏弄，那些老实街人不光干瞪眼，还看得起劲儿呢。苗凤三会鸟毛？就一个做馍馍的。这样的话通过不同渠道被我们听到。

初冬的一天半夜，一个短小的身影从南走进空寂的老实街来。他就是鹿邑夫。

苗、鹿二人单独坐在打烊的馍馍房里。

“我出手了。”鹿邑夫对苗凤三说。

苗凤三脸上虽没表现出惊异，手上却微微发起颤来。

馍馍房里存有酵着的面、没卖完的馍馍、和面机、电蒸笼。他四下扫了一眼，什么也没看见。

“饿了，给几个馍馍吃。”鹿邑夫说。

他是真饿了。他大口大口地吃起来。

“我没听师父的话。”他说。吃一口，就对馍馍看一眼，好像苗凤三藏身在馍馍里，藏得严严实实。

他吃饱了，打了一个嗝。

“我还没全忘。”

苗凤三俯身收拾吃剩的馍馍。他骤然一翻掌，铁钩一样抓住了苗凤三的手腕，而苗凤三随即也紧抓住了他。

当年江湖上飘扬着他们师父的传说，“周身坚硬如铁，长于跳荡”，又“身不满五尺，赧然如无能者，及试其技，则灵巧若猿”。

双目相对，感受对方的铁硬。

真个寂天寞地。苗凤三的手先松了。轻暖的一股气从各自手腕上游开。

鹿邑夫的黑眼珠还在对着苗凤三，又深又小，悄悄闪了下微光，好像在说“你总让人”。苗凤三立起身，找出口袋，给他装馍馍。

“够了。”他说。

苗凤三给他多装了几个。

这个季节，馍馍能多放两天。

鹿邑夫告辞，走到门外，又停下来，转过头，仰起了脸。

苗凤三相信他看到了门上那块匾额。他的黑眼珠是很适合夜间的。

“我比不过你。”

当时鹿邑夫只是低头咕哝了这样一句让人迷惑至今的话。服输吗？以前就比不过，还用再说？是比生意还是比别的？就这样交手了？都是疑问。

但我们很快得知，其实鹿邑夫在这天的下午已经赢得了一次前所未有的胜利。

苗凤三并不追着问，从鹿邑夫一来，就没问过一句，好像他有只神眼，能把另一个人的一举一动全看到。

他本来要送出街口的，却只是眼看那短小且铁硬的身影，独个儿闪入夜色中。

多年后，苗凤三安安分分，还做馍馍。

做同一件事，面对的却已不全是同样的人。将来怎样，会不会有馍馍厂，那是将来的事。将来的事将来再说。再好的东西，也总有的丢。早，晚，总得舍得。都不用做馍馍，都解脱。做什么，另说。

他也很少去老城，尽管后佛楼街幸存。

鹿邑夫裁缝铺的招牌，只一个“功”字。

去四五趟，见不着他一趟。家人都说不出他去了哪儿。

每次回到现住的东郊友谊苑小区，苗凤三都会怅然若失。半夜里，他不能再去老梧桐树下转圈了，目光也不能再悠然跃到树梢上去。

偶尔，还可听到鹿邑夫在佛慧山黑风口以一当十的豪举。

那几年，谁不晓得后佛楼街鹿裁缝的厉害？“手腕子一抖，啪，撂倒一个！”市井中从不忌讳夸大。“老爷子一抖，人去哪儿了？嘿，树顶上！想捉他？捉不到！”

鹿邑夫把小丰一伙约到松林，结结实实教训了一顿。至少，小丰从此老实了，口风出人意料地紧，过了将近一年才为人所闻。那时，大“功”字，已挂在裁缝铺门上。

七七四十九招，鹿邑夫没全忘，或许一招也没忘。

信不信，苗凤三易口诀，他也忘不了！只是终归没露出来。一手没露。在初冬的馍馍房，鹿邑夫又说输，好像出手是败。鹿邑夫确实又露了。

既是好兄弟，又何分高低？

整个老城已少有人知苗凤三是鹿邑夫的师兄。来访故交，却常会有人指着他的后背说：“那老头儿，脚快着呢。”

他每次来都是徒步。足下行云流水，他还能一口气走上个一二十里。

一个和暖的日子，他走迷了路，误至一个陌生小区。到底是有些年岁的人，身子觉得乏了，就靠着一棵树歇会儿，不料一靠那树，竟瞑目睡了过去。

醒来时，日已西斜。背后，梧桐。

大块伫立

有座城里，大块之名无人不晓。大块也非典籍上造物、大地的古称。他生下就很大块，所以都喊他“大块”。

大块从小就皮，没少挨揍。

大块的父亲是个粗人。所谓粗人，典型表现是长得粗，脖子、腰、手腕子、腿，都粗。这样的人，一般让人望而生畏。但响水街除了他儿子大块，都不怕他。为什么？他心好。

很久以前，大块父亲就有个绰号，唤作“响水街鲁智深”。多数人不嫌啰嗦拗口：“响水街鲁智深，打铁一把好手。”常有婆娘站在街上，扯嗓子喊：“响水街鲁智深，你家大块又闯祸啦！”本可直呼“鲁智深”，但大伙爱这样不厌其烦，显摆似的。

大块日渐长大，直接威胁“响水街鲁智深”之地位，并终将取而代之。

小学校有个钟老师，是他第一次将大块父亲简称“响鲁”。

钟老师有口旧锅，用了不知多少年，锅底正中烧出一个拳头大的洞。按说扔进清江河买新的就是了。他却说，以自己的使用体验，这锅好。好在哪里？好在锅沿上。锅沿圆润、流畅，用了十几年，完好无损，真乃人间难寻、万世稀有之物。所以他不舍得扔。

他要拿给“响水街鲁智深”补。

铁匠手艺好，人之共识。好到什么程度？钟老师一拿到补好的锅，立时就有了对工匠的钦敬。他将锅悬空，上上下下、里里外外地看，生怕看不仔细。结论有了：锅底补得跟锅沿一样好！

“我这锅从此得叫‘响鲁’牌啦。”

两天后，又专门来补充说，锅底比锅沿还好。

"'响鲁'，怎么说？我叫对啦。"他第一次从锅底获得了圆润、流畅的操作体验。

这事就算过去了。铁匠的锅卖出不止一口，钟老师的体验不是新发现，但"响鲁锅"的叫法却流传下来，并且在三十年后还有大用。

话说当年的大块已长大，长得也粗，还比父亲高出一头，显得高大威风。父亲再揍他，不那么容易了。揍他他就跑。铁锤扔过去，脚后跟都砸不到。紧着揍的时候，拳头也会被崩开。父亲猛追几步，一把抓住他，铁钳似的，一边揍，一边数落："叫你把死老鼠丢李幺嫂锅里！"

一般孩子调皮就算了，从大块父亲口中说出这事，可就显得罪恶滔天。拿荆棘扎老孃孃的屁股，把学走路的小朋友推倒，捉青花蛇吓女孩，在王大哥家窗下放火，砸刘二婶家门玻璃，堵下水道，剪电线，捅马蜂窝……响水街居民深受其害，看他挨揍都觉得快意。他父亲简直使出了打铁的功夫。每当他挨揍，街上几乎是人山人海。

大块还不忍着，一挨揍就嗷嗷叫，叫得那个欢畅，谁不看谁就亏了似的。谁要给个彩儿，他就叫得更响亮了，仿佛这不是挨揍，是配合默契的一个节目。

不怪大块父亲对他下那样的死手。平时打铁铺只有一片欢快的叮当声，听不到父子俩说话。说话就是歇工。歇工了就会看他不顺眼，比如他乱坐，工具摆放不整齐。这都犯忌讳。不管他长没长大，父亲都不容情。可他偏不长记性，屁股又往砧上坐下去。父亲暴跳起来，锤把子呼地抡了过去。他照例往街上跑，他父亲紧追其后。

响水街的传统节目要开演了！只要他嗷嗷一叫，准备看热闹的人，很快就乌泱泱站一街。

本来大块要逃是可逃脱的。但见人多，他就不逃了。

人多了，不光看客兴奋，父子俩也兴奋起来，接下来肯定是一顿好揍。

大块脸膛通红似炉火。他父亲拿他当铁，一锤子打过来。不料，他个子虽长成，心性也还是嫩娃子，下意识从他父亲左肋下钻过去，铁锤落了空。

他的力气多大呀！他把父亲高高顶了起来。反过身，又往他父亲右肋下钻。啊呀呀！这回，他父亲猛地往上一蹿，足有两尺高，扑通落地，脚跟不稳，踉踉跄跄，终没站住，就在街心跌了个狗吃屎。

可想人们的惊异。“响水街鲁智深”的伟大时代，就这样结束了吗？连大块也愣了，不知眼前发生了什么。后来，还是王大哥捡起铁锤，将大块父亲扶起，送打铁铺里去。

很快，人们发现，响水街显得沉寂了，尽管打铁铺里照旧叮当作响。

这样的日子只过了五六年，大块父亲因病长逝。

一个恪守行规的优秀铁匠，身材粗壮，天天与熊熊炉火和几十斤重的铁锤为伴，不说能长命百岁，至少，不该在这个年纪上死去。

此后打铁铺关门，大块远走外乡，又过五六年才回归故土。

响水街上，打铁声不如往昔热烈，但到底复响起来。给大块打下手的，是他老婆凤娣——清江河源曹铁匠的女儿。听到打铁铺里常常传出夫妻二人的谈话声，就知道他们不像老一辈，有那么多行业忌讳。敲砧叫人，这样的事夫妻间是没有的，更说不到敲砧尾、砧翅。大锤小锤，夫妻轮着使。歇工了，有人走进去，一眼看见凤娣大大咧咧跷腿坐在铁砧上。

新年，夫妻俩在炉上贴了一张写有“黄金万两”的红纸，还不忘在风箱上贴了一副对联“风吹炉中火，铁红变黄金”。这夫妻和善，也没见对儿女打骂。

从长舌妇嘴里，凤娣听说当年大块挨揍的事情。问过大块，大块不说承认，眼睛却朝街上瞅去。大块时而默默地朝街上瞅，是凤娣熟悉的一幕。起初还有好奇，顺他的目光，几乎什么也瞅不到。既瞅不到稀奇，也瞅不到走来的熟人。时间一长，也便司空见惯。

打铁铺算不上红火，没挣来黄金万两是事实。直到这一天，一个头发花白的老人仙气飘飘地走到门前，拎出一口破锅。凤娣接过来一看，又随即递给他：

“换新的吧。”

老人说：“这锅——锅沿好啊。”

凤娣一听，更荒唐了，不想理他。

大块忙从门内出来，惊道：“您不是钟老师吗？不是调到别处了吗？”

老人也还认得大块，就说：“可不啦。这都快三十年啦。我今年整七十三。你家老汉，‘响水街鲁智深’，铁匠‘响鲁’，没啦？”

“没啦。”

老人沉默了一霎，又说：“这‘响鲁锅’，我可不舍得扔。你想，使多少年啦。这里面凝结了多少劳动人民的智慧！”——这话出口，符合小学老师身份。

大块留下老人的破锅，问清老人的现住址，提出两天后给他登门送去。

以凤娣的话说，老人一走，大块就跟那口破锅“亲”上了。像搂婆娘、搂娃，把破锅搂在怀里，上床也不放下。别说干活了，话也不说，两眼发空地往前看。说他丧了魂吧，却不会绊倒在大锤、小锤、铁夹、铁砧上面。

次日晚，大块睁眼躺到半夜，一骨碌爬下床，不顾更深人静，自己开了炉，叮当叮当，敲打起来，一直敲到天亮。

困倦的街坊来看，他倒神清气爽，已收拾了行装，即将出门。经龙山镇、剑阁镇，过清江河，一路顺畅，到了钟老师门前。

大块提了心。

“比锅沿……”

大块紫了脸。

“活的，”钟老师如惊叹，“这锅！”

大块的心，猛一坠，都不知是怎么从钟老师家离开的了。

大块又过清江河，经剑阁镇、龙山镇，回了响水街。坐在铁砧上，脸还是紫的，人似脱了力。想当年，就为他擅自往铁砧上坐，不知挨过多少揍。要是他父亲还在世，这不得一锤子砸瘪他？

坐着坐着，他腾一声站起来。抄家伙！

他沉默的样子把凤娣镇住啦。他不叫她，她不敢靠近。

打铁铺里，就只有红红火火的打铁声。

以后，他敲砧叫人。他敲砧尾，敲砧翅，就是不敲空砧。没说不让凤娣往砧顶上坐，凤娣也不坐了。大块不是此前的他啦。他是“响水街鲁智深”啦。

他的脸还是紫的，熊熊炉火也不能将它映红，凤娣有些吃不准，是从来如此，还是他过了两回清江河才这样。长年累月烟熏火燎，铁匠大多紫了脸，也对。可他的脸，又绝不是那种死沉沉的紫绀色，而是源源不断地发着亮光的。

到底什么发亮，两天后，凤娣就看了出来。

有电视台的专题节目组，直奔打铁铺。导演姓钟，竟是钟老师之子。

从手工剪板下料、煅烧锅坯，到四次冷锻、锻制镜面，一口锅三万六千锤，十二道工序，十八遍火候，节目组在响水街拍了制作“响鲁锅”的全过程。凤娣被镜头下的“响鲁锅”闪花了双目，看看锅，再偷窥大块的紫脸。

以前就知“响鲁锅”好，没想到这么好，把摄制组都给吸引过来了嘛。无涂层，不粘锅，易清洗，炒菜香，省火，一点不假。那种圆润、流畅的操作体验，让灶前厨娘、伙夫如登春台，如啜仙露，并非虚言。

不用说，积存下来的存货被抢光。但如果依大块本心，不卖，回炉。那不叫锅。

待到节目播出，哪个不惊?

大块都快认不定了。哪里是口锅？是从青山绿水里飞出的一只明光闪耀的玉盘，吸饱了日精月华……

凤娣自幼随父打铁，但不粗糙。

大块沉静了。不光沉静，温柔极了。凤娣觉得出，别看人在打铁铺坐着，其实是站在了街心。太阳下面，高大大、直撅撅、昂昂然一个人，好像深深沉湎在往昔。神情很奇怪的，说是兴奋吧，却又是极度小心、敏锐、聚精会神的，动都不敢动似的，好像轻轻一动，就会有什么珍宝失去了。他要让那珍宝保留着，跟响水街一样长久，跟时光一样不灭。

他的脸在闪着光亮，那是极细密、极细密的龙鳞纹的光。

“响鲁锅”上，整齐布满了无数这样的龙鳞纹，仿佛不是一锤一锤敲打出的，而是自然长养的。

大块常对凤娣说：“莫忘钟老师。”

经龙山镇、剑阁镇，过清江河，去看钟老师，不用半天时间，却让大块走了三年。为什么？打铁铺离不开人？三年后大块才肯断定，不是的。

他像他父亲一样谨守行规，从年三十到正月初五，早、中、晚，每天都要在打铁炉内燃三炷香，供奉李老君。初五开炉，点火放鞭。

这五天，可以走出响水街。没去，有缘故。过年，车站发车少，交通不便。说钟老师有恩于他，却又非亲非故。上小学时，没跟钟老师学过一天。他这样的皮娃子，很遭老师们厌弃，他从小就明白。

三年后他走到钟老师门前，才知道钟老师死了。他没有马上回家，而是跑到清江河边，偷偷为钟老师掬了捧热泪。回来不对凤娣说钟老师死了。对谁也不说。钟老师仙风道骨，又钟情于“响鲁锅”，使锅体验绝佳，炒菜又香又补铁，活个八九十岁才是当然。结果，八十岁不到，吹灯拔蜡。怎么说？所以，他保守了钟老师去世的秘密。悲哀虽未退尽，搁不住他脸色重。他不念叨钟老师，凤娣也没起疑心。

他又不时往街上默默地瞅了。她敲一下砧，他才知她在叫他。

她敲砧翅，敲砧尾。夫妻干活的时候，像一对哑巴。

终于，凤娣捺不住："瞅啥子？"

他一愣："没瞅啥。"

"别愁。"凤娣说。

"我没愁。"他脱口道。

"自我嫁给你，没求过大富大贵。"凤娣有生以来头一次袒露心迹，"一日三餐，粗茶淡饭，上有片瓦盖头，下有立锥之地，就知足了。"

大块不由得感动。

"不过，也没穷。"凤娣如实说，"我找对了人。"

大块真的感动了。凤娣话不多，却深含对他的肯定。他不是响水街上一个优秀的铁匠吗？承继老一辈工匠衣钵，才把一口口精良的"响鲁锅"锻造出来，不断卖给需要的人使用。那些老年人，谁不认为"响水街鲁智深"正活在他身上呢？"响鲁锅"闻名遐迩，没让他一夜暴富，也是真，但供给了他足够的衣食，使一家人长期免于冻馁。不贪的话，有啥子可说？

在凤娣看来，自己短短几句话，重锤一样，往他身上砸了一下。这是凤娣亲眼看到的：大块身量虽大，却像皮球腾地弹跳起来，脚下地皮一颤，就从打铁铺里走出去了。

他站在了街心！

凤娣疑惑，以为他要做什么。没有，就站着。莫不是预知了远客到来，他要早早地迎候？凤娣蓦地想到了钟老师。她立刻冲到门口。

适值炎夏，街上比铺子里还热。热浪顶得凤娣一趔趄。

大块却慢慢走回来。

夜里躺在床上，凤娣轻声问大块："怎么不去看钟老师了？"

大块没应声。

"钟老师快八十岁了吧。"凤娣自顾自地说，"嗯，我算着钟老师八十多了。你再不去看他，恐怕就看不着了。七十三，八十四，阎王不叫自己去。等不得。"

她支起身子，晃动一下大块石一般硬的肩头。

"大块。"她叫他，"你不能耽搁了，大块。"

大块如大山般睡着。她又伸手晃他："睡了没？"他出汗的肩头湿滑，她根本没晃动。她嫁了个多么强壮的男人啊。这整个人就像铁打的，实心的。若不是天热，她就紧偎上去了。

"你要去看钟老师，明天就去。"凤娣斩钉截铁，"你要给钟老师带去一口新锅！"

大块嘟囔了一声。

"听见没有，大块？"凤娣追问。她好像听到他说"没个人"。

"你怕找不到钟老师？"

"街上没个人。"他说。

"街上怎么没人？"凤娣说，"响水街不缺人。你挑一口好锅。钟老师不满意，你就带回来，直到钟老师满意！"凤娣觉得自己从来就没有这么果断过。

大块像头死猪。她对他有多爱就有多恨。她就要举起手，向他打过去。但她咬咬牙，把手压在了自己屁股下面。

这天大块给钟老师带去了一口新锅。

等大块回来，凤娣问："钟老师还好吧？"

他说："好。"

凤娣问："钟老师对新锅满不满意？"

他迟疑了一下，终究还是扭捏地说："满意。"

锅是他打的。她做的都是辅助工作，多在锅把儿上。锅底、锅沿的功劳，都归他。极细密、极紧致的龙鳞纹，她打不出来。他迟疑，那就是谦虚。男人适当谦虚才是真的好男人。狂妄自大的男人，她曹凤娣看不惯。这么个五大三粗的打铁匠，说话这么扭捏，这么像蚊子哼哼，惹得凤娣扑哧就笑了。

凤娣又问："旧锅不再使了吧？"

大块回答："还在使。"

凤娣说："一口锅使一辈子不成？不愧是当老师的。光给儿孙省钱了。"

过了不久，凤娣就跟响水街的李幺嫂说："给钟老师补的锅，使到现在哩。"

她发现大块也在听着，似乎又专注，又警醒。"新锅嘛，可给钟老师的儿子使。"她突然向他转过头去，"钟老师的儿子应该升台长了。"她不像大块脸紫。她脸上红彤彤，好像映着炉火，自豪之情溢于言表。

"您还记得吧，那个来拍'响鲁锅'的导演，就是钟老师的儿子。"她故意拉长音调，问李幺嫂。

"记得，记得，记得啦。"李幺嫂连声说。钟老师教过她家毛弟和桐妹。

回想一下，来拍摄"响鲁锅"专题片的日子，响水街上像演节目。转眼过去很多年了。别人记不清楚，凤娣可记得清。“响鲁锅”趁着电视片播出，着实红火了一阵。打铁铺忙不过来，凤娣拍板，招徒！大块起先答应，过两天，又不答应了。为什么起变化？大块不说。

“我愿钟老师长命百岁。”凤娣合掌，衷心祝愿。

“你们一家子，都好心。”李幺嫂不禁赞道。她跟着诵声佛。

凤娣又捺不住了。“炒菜香，省买锅钱，还能长寿。”凤娣咯咯笑出声来，“瞧咱家的‘响鲁锅’！”又转头吩咐大块，“明年哪，再给钟老师送口锅去。他儿子家有了，还可送给亲朋，落个人情儿。”

大块答应。

可是，凤娣觉出不对了——看他那眼神，似乎透出落寞。

李幺嫂是来打铁铺最多的一个人，一来就坐大半天。有时大块夫妇顾不上跟她搭话，她也不在意。过去沿街的一排排矮屋，大多变成了高楼。老邻居们住进了小区，街上就少了人。像李幺嫂这样的，找不出第二个。怎么着也不能怠慢了老人家。

凤娣冷不丁抄起铁夹子，探身敲了下砧翅。这就是提醒他了。李幺嫂也跟着一惊，凤娣马上又跟她热烈地谈论起来：同饮清江河的水，同吃五谷杂粮，同沐日月，长出的人咋会有那么大分别？钟老师的白脸儿子，堪比女娃秀气。他领着人来拍片子，多少人来看！哪里是来看锅？大伙是来看他呀！

砧翅上一响，大块也就在打铁铺里留住了。不然，他又会走出去，甚至从李幺嫂身上跨过去。当年，他曾把死老鼠丢李幺嫂锅里，被父亲打得满街跑。他嗷嗷叫，震动了整条街。

街上，人山人海！

凤娣一直没好意思说出口，大块若不肯去给钟老师送锅，她去。她能从清江河源嫁到响水街，经龙山镇、剑阁镇，过清江河，迷不了路。下次送锅，凤娣一定不忘叮嘱大块，问问钟老师的白脸儿子到底升台长了没有。她想过，这个可以问。

自然，得到的答复是，钟老师的儿子没升台长，但升了副台长。凤娣略有失意。不过升副台长也是升了，这么想过，凤娣又高兴起来。

不得不说，在大块的目光下，她怪羞的。

三万六千锤，才能把锅煅制得光滑如镜。说出来多数人不信。凤娣信。凤娣偷偷数过，不多不少，三万六千锤。那时，凤娣暗松一口气。

大块做出的锅，就像一个模子刻的。来买锅不用挑。但还会有挑的。给他拿这口锅，他看两眼，又偏要看那口锅。还有不信数据的。

“认真不会少一锤？那多一锤呢？”

凤娣在买主面前和气，随他说。买主终于挑了满意的买走，凤娣就默默地看着一口口锅，似受了屈辱。大块敲敲砧，她走过去，干起活来，自己倒宽解了。千人千面，百人百性，犟不得。

宽解不了的时候，大块就说：“货卖识家，不挑不拣不成买卖，老古理。”

类似的话，凤娣也会说，比如“不挑不拣，悔断青肠”。其实她也蛮挑的。她挑过很多小伙子，结果就挑中了大块。铁匠堆里，大块数第一。他的脸都活紫了。脸紫是他优秀的证明。

“你有没有做出最好的锅？”她问大块。

大块答不出来。

“你做的锅都好。”她说。

因为都好，她才容不得别人胡挑。可是大块偏偏又说：“怎能都好？”——不怪她要生大块的气：不管真不真，大块怎么就不能附和一句？

“大块，你心里就只有锅，没有曹凤娣。”这么多年，曹凤娣尽己所能当好人妻，大块没有跟她站在一起，她觉得委屈，“大块，你自己说对不对吧？”

他又往街上瞅了。

她的手向锤把子摸了去。但是，一眨眼，他走到了街上。她再一次想到钟老师。大块伫立街头的样子，绝对像是在迎候钟老师的到来。

她冲向门口，头一次吃了一惊，仿佛第一次发现，这绝不是几十年前的响水街了。像她家那样的二层老店，几乎就是响水街的唯一。响水街“长高”了。街南一座新楼，高过远处的瓦子岭。响水街也变平整了，刀切一样。响水街南北向，无尽地追着正午的日头。在响水街，除打铁铺，似乎找不到往日生活的旧痕。

“没个人。”不知是自己说的，还是大块说的，反正她隐隐听到了。

响水街上像淌水。响水街上浩荡流淌一条清江河。

凤娣似乎一下子懂了大块！

街头哪有人啊？大块其实孤单单一个。世人把大块抛弃了，响水街也把大块抛弃了。清江河流过大块的身体，大块依旧寂然伫立。当年，响水街上常常人山人海。大块是在怀念往日的盛况呢……而如今，世人去哪儿了？

凤娣很想走过去，跟大块站一起，把所有窝在小区里的人都吸引出来，让所有响水街人都看见。光天化日之下，她也要把大块紧紧搂在怀里。

这时候，瘦瘦小小的李幺嫂，从她家住的锦屏小区走了过来。凤娣感到，李幺嫂真亲。

“我就爱听打铁声。”李幺嫂说，“热闹。”

凤娣满面笑容，忙将李幺嫂迎进门内。凤娣心胸本来就开阔。凤娣不生气了。大块不过来招呼李幺嫂，她也不叫他。

打铁铺没有打铁声。李幺嫂只往凳子上坐了坐，就睃起眼来往街上看。

“大块在等人？”她咂嘴问。

凤娣怔了怔，马上就发出爽朗的大笑：“是啦是啦，在等钟老师。”话音未落，心头一阵得意。没有比这种回答更奇妙的了，简直是来自神灵的启示。凤娣飞快地往街上睃一眼。她远远看到了瓦子岭的黛影。

那些高贵的神灵，就住在瓦子岭蓊郁的群山上，她想。

“他常站大街。”李幺嫂似在沉思。

咯噔一声，凤娣又怔了。她又飞快地朝街上看去。大块几乎一动没动，像是凝成了雕像。凤娣脸上有些挂不住。她要把他叫回来。可是，她再次显示了自己的果断。“他在等人。”她神情自若地说，“在等钟老师。”她微微含笑，说：

“钟老师就要来了。”

到了这一天，大块的伫立街头，才因李幺嫂的传播而真正为响水街居民所广知。人世间竟有这么重情重义的铁匠！受人一回恩情，就永世不忘。响水街也会是圣人走过的地方！浩荡的清江河水，养人啦。老的响水街人说，这有何怪？当年，大块的铁匠父亲，可是唤作“响水街鲁智深”哩。

父子俩长得粗，但心头仁义在。甚至有人提起大块挨揍的往事。棍棒底下出孝子，不打不成器，正是父辈严教，才教养出这么个好人。种种美誉，通过李幺嫂或者其他人的口，被凤娣耳闻。凤娣看大块的目光都变了。

平时她使小锤，大块使大锤。小锤六斤重，大锤三十五斤七两。小锤砸下去，大锤迅速跟过来。砸哪儿，跟哪儿。一寸寸砸，一寸寸跟。一寸长于万里，伴随耀眼的火星与清脆的唱和。凤娣本来也是很有一把力气的，现在却好像举不起那柄小锤。砸着，跟着。砸着，跟着。砸不动了，咚！大锤落在了小锤身上。一锤子下来，亲呢，咬呢，小锤就瘪了，化作薄铁皮，化作一股气。仿佛没影儿了，已化入大锤里去……

大块又在街心伫望钟老师到来！世上哪有脸色那么紫的人？莫不是一个活的雕像？凤娣柔柔的目光，风一吹就乱了。她却相信此刻正有很多响水街人从各个角落，一起注视着大块。每道目光里，都饱含了对这位优秀铁匠的敬意。她不能走去分享那荣耀。

凤娣独坐打铁铺，忽觉分外沉静。

凤娣开始留意每一口锅，样子像个质检员，又像大夫。看还不算，还要用手摸。细细摸上去，好像摸到了锅的脉搏，又像悄悄地跟锅说话。她依旧对每口锅都满意，但买主挑锅，怎么挑她都不觉生气。

过去没有过的是，对每个买主，她一律送出门。

买主走远，她还在门口站着。

打铁铺门前空地上，有棵老皂角树。树干如铁，色苍黑，树冠半遮打铁铺楼上的窗，楼下门口又有一个质朴健康的女人沉静伫望，是一幅很好的画面，不免让那远去的买主心灵受润泽，而生出恋恋不舍之意。暗想，得亏这地方空地足够大，老皂角树、打铁铺，才有幸留存。

半夜，凤娣像睡醒了。

“去看钟老师吧。”她说。

她早备好了锅。那锅经她亲手千挑万选。她还买了两盒当地的土特产——跟“响鲁锅”一样闻名遐迩的红烧香辣兔头。

第二天送走大块，凤娣将铺门一关，回到楼上，坐到窗前。买锅的叫门，她不应。买锅的不知道往楼上看看，就走了。不久，凤娣正凝神望窗外的瓦子岭，又听有人叫。她先没听出是大块，再听，才断定是他！

这么快就回了？一股怒火直冲凤娣的天灵盖。

她没想到大块落下东西，或者丢了路费，只想到大块是不情愿去给钟老师送锅。这些年来，看他出门前那个磨蹭样，去见个人像见罗刹，没几两出息！回来了问他句话吧，囫囫囵囵，可曾响快过？那张嘴，让烧红的铁钳烫熟了似的！真该打！

她越想越气，顺手抄了半截手腕粗的锤子把，竖于背后，开了铺门。凤娣不知道自己什么脸色，大块迎面一见，不由得倒退一步。凤娣进一步，大块退两步。凤娣再进一步，不知他怎么想的，他放下手中的“响鲁锅”和红烧香辣兔头，就向街心跑去。

从他跑去的身影看，似乎身上藏着一个孩子。

凤娣停，他也停。

他们对望。

李幺嫂慢慢走了过来，眼里有困惑。“钟老师还好吧？”她问。

凤娣已悄悄放下锤子把，并收好了“响鲁锅”和红烧香辣兔头。

“好着哩。”她响亮地笑，并回答，“您老里边坐。”

李幺嫂还在看大块。凤娣远远给大块使个眼色，意思是叫他回来。大块看见了，开始慢慢挪步。凤娣把李幺嫂请进屋，要给她沏茶，她说：“怎么这么客气啦？”

凤娣一怔，拿不准该不该客气。“喝口茶，压不着您老人家！”她笑道。

大块挪到了门口，却不进来。凤娣给李幺嫂端了茶，去敲砧尾，他不动。她敲砧翅，他也不动。他没看李幺嫂，只看凤娣。

李幺嫂只咂了一口茶，就要起身。凤娣忙按住她。

“我怕冷落了您老。”凤娣说。

两个人没言语，就都离开了打铁铺。

李幺嫂从门口看见，他们没在街上停下。他们双双向南去了。

他们回来的时候，老皂角树的影子朝东，投到了街心。

远远望去，他们像是从山上下来的。山上住了众神仙。山上方一日，世上已千年。他们果真去了瓦子岭的一个洞窟。

李幺嫂在打铁铺打了两次盹，却像过了两夜一样长。她的家人也没来找她。她告诉大块夫妇，这期间卖出两口锅。铺子里明码标价，买锅的扫扫微信支付码，就把钱付了，锅也没挑。大块夫妇谢了李幺嫂，并送她出门。

两人都像松了口气。大块掂起做锅的专用锤，在惯常的位置上坐下，又开始工作起来。他没注意凤娣倚着门框，没有动。他一摸锤子，就全神贯注地敲击了。

叮当，叮当！他欢快地把魂儿敲进了锅里。

叮当，叮当！他把整个人敲进了金属里。

于是，在那个位置，大块似乎消失了，只看见锤子的敲击和未完工的铁锅。

看着大块那股投入劲儿，凤娣对大块真是又爱又恨！

忽听空中嗷的一声叫，锤子和铁锅，随之落地。

大块眼里，流露出孩子的眼神。那声号叫也像孩子发出的。大块惊异地瞪着凤娣。

气汹汹的打铁铺女主人，真真把大块爱死了！“看不打你！”她扔掉锤子把，扭头去掂墙角那柄三十五斤七两的大锤。憋下一口气，把大锤举了起来，但没能举那么高。一撒手，嗵！大锤坠落，震得天花板上飘下一团灰尘。她复又捡起地上的专用锤。

这锤重十二斤，她将它砸向了大块。

大块想都不想，飞也似的跑出打铁铺。凤娣果断追了上去。

多少年，大块都没这么跑过了。

父亲追打大块的情形重现了。怪不怪，就连凤娣也觉得大块跑得像个孩子。她都有些不忍了。她想在门口停下来，但是，她听到了李幺嫂的喊声：

“大块，快跑！”

真没想到，街头不光有尚未回家的李幺嫂，还有很多响水街人陆续从各个角落走来看热闹。大块站在那里。过去他伫立街头无数次，都没能引人现身。那时候，他孤单单的，在太阳底下，像块被世人抛弃或被忽视的石头，落寞、无用且粗陋。现在，不用去确证，他也能感受到无数目光里的兴奋。

李幺嫂的喊声如同号令，凤娣再次冲向大块。那锤子没被大块挡开，锤子是铁制的，大块的肉仿佛也是铁制的。突然，半空里传来一个彩儿，在时间橱柜贮藏几十年，听上去竟还那么鲜活、锐利，让大块身上猛一哆嗦。

人们误以为那一锤打重了。不是的。大块毫发无损，将身子轻轻一旋，就跳到了五步开外。锤子没有掉落，像被他借势还给了凤娣。此时，巨大的兴奋笼罩了大块全身。

在响水街落幕了许久的节目重又开始了，那一跳也就成了投给凤娣的诱饵。

十二斤重的铁锤，在凤娣手中根本不算什么，大块不可能从她面前轻易逃脱。

大块左冲右突，凤娣紧追不舍。他又挨了一下。每挨一下，他都要嗷嗷直叫。凤娣手下留情，宛如“响水街鲁智深”再世：

“爱死个人的，没伤到你吧？你倒活自在，叫声那么大，瓦子岭的神仙也听得到。”

不知不觉，落霞满天。响水街上，人山人海。

人们眼中，大块和凤娣向来是夫唱妇随的模范，至少两人从没在人前红过脸。因此，这天下午发生的事，震动了整个响水街。

当夜，打铁铺楼上，夫妻对话：

“痛不痛？”

“不痛。”

妻子一口将他胸上铁疙瘩似的肉咬住。

仿佛发生在昨日，几年前的深夜，大块抱着破锅起床。他不顾扰民，叮当叮当地不停敲打时，身上从里到外，一处一处发着痛。那些久远的痛感，重被唤醒，被他一下下星星点点地煅入坚硬的金属。黎明到来，一口新锅诞生。他经龙山镇、剑阁镇，过清江河，像捧着血气温热的活物，第一次把锅送到白发老人的手上。后来，还把一口口精美的铁锅，藏匿在瓦子岭的万年洞窟中。

在妻子牙齿间，打铁匠的肉像钢花一样粲然开放呢……不久，打铁铺里又传出阵阵打铁声。

古老而年轻的响水街，从此大块孤寂伫立的身影消失了，而每隔一段时日，短则半月，长则半年，人们都会目睹一场激烈的夫妻追逐，那几乎成了一种仪式。

凤娣使顺了十二斤重的铁锅专用锤。

铁锤生风。大块号叫。

每个响水街人，都觉得不能不看。眼里跳动着心醉神迷的火苗，犹如看到一出华贵而质朴的铁匠之舞。

人们随之发现，“响鲁锅”毫无例外，又比先前好了。奇好。

麦河的恩典

她与麦河相遇在一个极好的天气。她的背后，衬着本城那座著名古塔楼的剪影。塔楼攒顶高高耸起，似要带着尘世间的一切飞去。

来广场当然不为取静。这里有大块到奢侈的天空、明亮迷眩的阳光、和畅的风，应该还有热闹，而热闹里不光有欢乐，还有拍案惊奇。

她亲眼看到一个年轻人，狼狈不堪，手提一双掉底皮鞋，飞速穿过广场。紧接着，一帮大汉气汹汹追来。

甚至，帮她推过轮椅的警察小梁，从人群里捉到过一个面目凶恶的通缉犯。小梁捉到他时，她的心都快从胸口跳出来了，但小梁身手矫健，一招制敌。

通缉犯的落网，被广场上的闲人津津乐道了好长一阵。她不插话，但心中自豪。想来小梁不过是她认识的，但倒像她家孩子。那样的场面，被她温习了许久。

她的眼睛不知不觉地总往人群里去了，江洋大盗般的面孔却没再出现。

在那样的好天气，她看到人群里伸出一只手，就下意识用目光急寻小梁。有人对她扫一眼，使她明白，自己并没有想象的那样遇事沉着。原以为他已走开，而且怀疑眼睛产生了错觉，不料他又慢慢走了回来，没事人一样，看来不想吓住她。

这人就是麦河，看起来比小梁能大十岁。他没有看她，反而让她身上一凛。一只手的动作迅如电火，重又闪现在她的脑中。

从她身旁走过时，他头也不低，清晰地小声说道："我不是'那个'。"眼睛平视她的身后。可以想象，此刻晴空下那座建造于弘治十七年的石砌塔楼，如何地气势宏伟。"我没'进货'。"

他又说，然后，松爽地走开了。

她嘘口气。虽没来得及对他细看，总的印象却留了下来。是个窄瘦的男人。五官到底怎样，记不清，但能判断容貌清秀。

过不久，竟再次相逢。不是在广场，是在邻近白鹿巷的一条无名巷子。

那里深藏着一家水果店，招牌就是“麦河”。

她从广场回家，必经孝感路。回时有窨井冒水，拐弯处几成汪洋。不怕脏污的涉水而过，更多人则掉转头，绕道而行。她跟定一个人，拐来绕去，就迷了路。自知白鹿巷不远，不想问人。靠着揣度，来到两幢挨得很近的居民楼之间。此处看着像条通道，却满目杂乱。

走过前楼遮挡时，亮光一闪，带来了水果香甜的气味。随后她发现一面墙上挂着的招牌：麦河水果店。

那店门着实不起眼，倒不如旁边的窗，开得很大。

当时若走过去，便罢。因朝窗里多看一眼，就认出了坐在窗边的那人。

“我没去‘进货’。”那人笑吟吟地说道。

她忽觉镇静异常，佯装没听见，更装着不认识，就像胆子很大，站定在门外。

“买点水果回去吧。”那人已起身拉开店门，“请进来自己挑。”

店门里的地面，比门外矮了两级台阶。

那人温和地叮嘱她“小心”，防护她摔倒似的，把她迎入。

店内面积不大，但布局讲究，又只一人守店，给人一种很宽敞的感觉。她很认真地挑选，最终选中了火龙果、蓝莓、大樱桃。

分别称好放进塑料袋，又总放进一个大袋子里，那人就把她送出门，但不停，又送一程。她看到熟悉的景物了，那人把水果递到她手里，没说什么就要回去。她选择左转，走了两步，就回头问他：

“你叫麦河吧？”

他微笑着点点头，又开玩笑似的说了句：“英雄不问出处。”

按照火龙果、蓝莓、大樱桃的易腐状况，她确定了合理的食用顺序。水果吃完，她感到店主麦河的面孔在脑中闪现过了无数次。

有的人就是这样，一旦走进别人的生活，就永远走不掉了。麦河是这样的人吗？可她已经风烛残年，人生再不需要额外的纠缠，孤独差不多就是命运最好的馈赠。

她也并不是每天都下楼。丈夫的遗物大多放在北卧，一个三开门的桐木衣柜和一个樟木衣箱完全放得下。人活一辈子，就剩这点东西。

对她而言，慢慢翻看衣柜、衣箱，足以将孤独的深谷填平。现在，一个年轻人瘦窄的形象不时将她的思绪打断。等她醒过神，却是默然坐在一张空置的旧桌前。

旧桌出自丈夫之手，也是薄材桐木。

显然，麦河身上有许多疑点。他为什么干“那个”？他对她说了两次“进货”，像在为自己辩解。

当然不是“进货”喽。“进货”要去水果批发市场，去广场做甚？他在店里坐着，也当然没去“进货”，用得着说一遍？

还有那句“英雄不问出处”，他真是江洋大盗吗？可笑。

月底的一天，麦河出现在广场的人群中，却好像与她素不相识。

同样的好天气，拂过广场的微风也好像是由同一张天国之口呼出来的。广场上熙来攘往，热闹非凡。他刚一出现，她就紧盯住他。

她没有眼花，而且目光敏锐。

在比瞬间还短的时刻，她捕捉到了一只手即将做出的动作。就像在看狮子的角斗，她从长椅上猛一挺身子，站起来，并发出一声惊叫：

“小梁！”

她转头看着派出所的那个年轻人，面孔煞白。毫无疑问，她的表现惊动了许多人。她站不住了。坐在她旁边的一个妇女，怕火烧着似的，赶忙闪开，但小梁却向她直冲过来。

“林太太，林太太！”便装的小梁伸手扶住了她，“您怎么了？”

她虚弱地看了小梁一眼，摇摇头。“没怎么。”她喘息着说，“谢谢梁警察。”

“要不要上医院？”小梁问道。

“不要。”

“您先坐下。”

刚一坐下，就又站起来。“我想回家。”她说。

“我送您。”小梁说。

自知推托不掉，她就在他的搀扶下离开了广场。

来到白鹿巷口，发现麦河远远跟了过来。小梁不快，她就说认得他。他停在了原地，低着头，有点可怜似的。

“谢谢你，我已经好了。”她说，又表歉意，“看耽误了你的正事。快忙去吧。”

小梁显然想要坚持把她送到家里，但瞥见麦河正慢慢走开，就打消了主意。“有需要就打电话。”他亮着嗓门，“派出所的人随叫随到！”

隔了两天，敲门声试探着、迟疑着轻轻响起。她开了门，看到了麦河畏缩的样子，心想，你胆子不是很大吗？胆敢尾随警察来白鹿巷。在广场上她呼叫了小梁，他也没跑，反而往跟前凑。

“林太太。”他弓了下腰，抬了下胳膊。他手里提着一袋水果。“我觉得，”他说，“我应该来一次。”

她的迟疑也是有的，但只有短短一瞬。

当她闪开身子时，她就知道在自己的老朽无能之年，从今天起，一场从未有过的生活奇迹即将发生。

他走了进来，很明显一怔，并不十分踏实地把水果放在墙边桌上，转头对她说：“您还好吧？”此话出口，才觉从容。“我只有折本的时候才去‘进货’。”他平静地告诉她。

在她决定允许他进门时，她的内心是激动的，虽未影响外表的优雅，却使她不知怎么跟他说话。他那一脸无害的神情，让她也跟着平静下来。

“还让你惦记。”她客气道，暗怀欣喜，仿佛没有他说过的那件事，“你请坐，我去给你倒杯水。”

在她家里，没有预备洗净的给客人的杯子。她都记不清多久没人到过她家来了。他却不是来做客的，表达了问候并自以为消除了误解，目的也就达到，于是告辞。

家里又只有她一个人了。

她坐在沙发上，看着那些水果，坐了一会儿，就起身去了广场。

她从广场回来，遇着西院的张汉。

“来客人啦。”张汉跟她打招呼。

她微笑着点点头。走进七号院的时候想，张汉说话挺有意思，历来没主语。

当年他们结婚，从西院分到一间破旧平房。丈夫叫来几个同事帮忙收拾，其中就有张汉。平房没通电。线路布好，往天花板上安灯泡。张汉踩着一把吱哇作响的椅子，伸手刚够着天花板。

“扶着。”他仰着脸说。

刚才丈夫出去了，她觉得像叫自己，正觉尴尬，旁边有人上前给扶着了。

偶尔听他悄声给新郎传授切身体验：“累着生女儿。”他已有一个半岁男孩。她问丈夫，到底是谁不能累着。丈夫笑而不答。

集体婚礼后第二天，她就去山东省无线电研究所上班。傍晚下班，因故在办公室耽搁了一阵。乘公交回家，下了公交刚走到巷口，就听背后传来一句：“去接你了。”回头一看，是张汉骑车赶来。

本城的地势，南高北低，到她单位去，基本都是爬坡。丈夫空身而返，她什么活也不让他干，他还说下坡一路如飞，累不着。

后来他们生了女儿。她很怀疑女儿是在那一晚怀上的。

他们的那个女儿，神情、模样完全随了她。额角、眼睛、脸颊、唇形，最能体现她特点的部位，都在女儿身上复制了出来。

她不知想过多少次，丈夫是要生个女儿的。那个晚上丈夫偏偏忙个不停，屋前道路上一块半埋入地下的大石头，硬被他掀到一边去。

丈夫很爱女儿，坚持从她的名字里取出一字，用谐音给女儿起名。女儿去世不久，丈夫身体不行了……

她回到家，一点声响没发出来，恐怕惊扰了爷儿俩似的。女儿的遗物存放在另一个房间。房子三室两厅，两室朝阳，一室朝北。其中朝南的一室给了女儿，实际上女儿一天也没住过。而她活着，朝南的主卧就由她住着。

失去女儿的痛苦消失得很奇怪。自从搬到白鹿巷七号，她就不觉得痛苦了。她每天都会抽出一点时间，来女儿的房间里坐坐。好像总是耳听轰的一声，窗外一派春天的景象。

女儿去世的头几年，女婿还会来看二老。后来女婿远去海南，就只偶尔打个电话，人是见不着了。生活仿佛又回到从前——丈夫、女儿和她。她从心底不想再有人插足。见不到女婿，更好，可她竟允许一个几乎素不相识的人走进家门，并接受了他的礼物。而且，似乎正有人看着家里的一切。

她隐隐感到了一种威胁。

夜晚，早早上床。睡梦中恍惚听到有人小声对她说："扶着。"

隔几天，她正要从七号院大门内走出去，背上分明感到了一双眼睛。

啪！重重传来象棋落子的声音。

"你完啦！"五号楼的老万说。

她没回头，走到巷口就站住，好像不知道去往哪里。

风吹到脸上，很干。

她的泪水夺眶而出，因她突然想到了死去的丈夫。即便丈夫在世如同僵尸，但只要跟他在一起，哪里都可以去。走不到尽头，也绝无妨碍。她计划过多次，要推他去大观园，却总没走到。那年他十五岁，有幸在大观园的晨光茶社一睹相声大王张寿臣的迷人风采。他不在身边，天地之大，哪里才是她该去的地方？这样孤单单抛头露面，一时间似乎成了老女人的羞耻，可她一点不想返回白鹿巷七号。

坐在广场的长椅上，尽管泪痕未曾拭净，也没人注意到这个忧伤的老太太，甚至没人对她多看一眼。

跟外人所见不一样，丈夫跟她在一起，常会给她悄声模仿一些家喻户晓的相声片段。学不好张寿臣、刘宝瑞，但学马三立惟妙惟肖。本地的孙少林，学得也挺像。讲相声界掌故，北京学艺、天津练活、济南踢门槛，南张、北侯、中少林。这孙少林的名儿，就是马三立给起的，原叫“大莱子”。

他总能把她逗得轻笑。夜里与她仰躺着，不知想起什么美妙的一幕，就当真似的，叹息道，也许自己生来是端这碗饭的。

他一直都在精心守护独属二人的小世界，后来又有女儿加入。

那是多么幸福的时光啊，却好像刹那间灰飞烟灭，把她一个人留在了世上。

天空阔大，阳光明亮。广场上，照旧络绎不绝。

又有一群人在跳舞，每人手上两把粉红的大彩扇。乐曲喧腾，彩扇翻飞。塔楼的钟声响起，在晴空下传了很远，但或许只有她一个人听到。

她的耳，极力捕捉着那声音，直至消失在天外。醒过神，像过去了许久。

说恍如隔世也不过分，因为她竟觉得好受多了。一家人总会相见，那倒不一定非得在世上。自己所能做的，只有等待。

又忽然想起，今天下楼原是要去麦河水果店的。

就这样，她第二次走进了无名巷。

“那天我迷了路。”在水果店，她直接对麦河说。

“我知道。”

麦河帮她挑选水果。有客人来，他去招呼。看得出，他跟每个客人都很熟，因为他们会相互开玩笑。他接连送走了三个客人。称重，抹零。付款，抹零。他显然很快活，时时发出感人的笑声。她挑得很细。客人走尽了，他向她走来。

“都是这个小区里的。”他说。

“他一直想死。”她管不住自己，脱口说道。

麦河一愣：“谁想死？”

“那老头子。”她说，“他一想死就不吃饭。”

在丈夫瘫痪的第五个年头，临近女儿的祭日，他首次拒食。起初她没多想，误以为他病情加重。去医院检查，又查不出病因。前后只她自己。医生问还有没有别的亲人，她想到女婿，但最终没给他打电话。女婿又组建了家庭，麻烦他不像回事。那时她身体尚可，还能撑得住。眼看丈夫越来越虚弱，却又有了想吃东西的意思。事后她才想起，丈夫是要舍她而去的，而终因舍不得，才又要挣着活下来。

以后的十几年，这种情况反复出现，但她从未说破他。她一味装作浑然无知，一味劝：“你就吃点，吃点就好了。”记得最长的一次，二十天粒米未进。无声地躺在病床上，一点生命体征看不到，连医生也委婉劝说她放弃算了。她把他弄到女儿的房间，然后轻声问他：

“你知道这是哪里？”

他又想活了。

她能感到他去世前那几年他心底的高兴。有一次，被警察推着去广场的时候，他脸上默默流下两行泪。最后的半年，摄食越来越少。她想都没想他会有意拒食。他再没能转过头。她并非无悔。如果告诉他，她还能撑得住，又会怎样呢？

在麦河水果店，她破天荒把自己的猜测说出口，说给那个萍水相逢的年轻人听，仿佛忘了他在广场上的作为。

“老头子怕拖累我，就想死。”脸色却是宁静的，“你看，还有这么傻的人呢。”

年轻人若有所悟，随之以目光表示了深深的同情。

“爸爸！”店门外脚步一响，飞进来一个可爱的女孩。年轻人脸上立刻绽露了由衷的笑意，蹲下身子，将蝴蝶一样的女孩搂到怀里。

“这是林奶奶。”他向女孩介绍。女孩的妈妈也随后走进来。

“林奶奶好。”女孩礼貌地招呼她。

“乖。”她夸了女孩一句。因麦河送给她的水果还没吃完，她只挑了几只杧果和一束桂圆，递给麦河，麦河分别称了。

快出巷子时，麦河追了上来。

“林太太，”他颇认真地说，“您一定不要客气，有事情，叫我。”类似的话，小梁也说过的。

她收住脚步，微微含笑，回身瞧了他好一阵，才轻轻点了下头。他不由得咧开了嘴，也笑了，无声，嘴里的白牙，被阳光照得发亮。

西院的张汉频繁来白鹿巷七号下棋，以前可没有过。棋艺不高，但贵在专心。叫出声的就只有老万，要么拱卒，要么跳马，棋盘砸得山响。头顶的紫藤架上，鸟儿都不敢落。

炮平二五，马八进七。兵七进一，象七进五。暗度陈仓，金蝉脱壳。支士！出车！飞象！将！

她走下楼来，穿了新似的，像是迎客了。

客人的仪仗花团锦簇，已向着白鹿巷七号威重的铸铁大门，轰轰烈烈地走来！她内心渴盼，但矜持有度，让人一恍惚，就有了千金小姐莲步轻移的感觉。

落子声已消失，张汉也忽然发现人们在默默看着自己，但他不知不觉站了起来。谁都相信他会马上向她走去，大门那里就出现了水果店主一家。

人们很快打听到水果店主跟她非亲非故。他在邻近小区租房开店，至少四五年。因不好找，白鹿巷罕有人知。去过的人说，店主极会做生意，零头一概抹去，买他水果的还会担心他卖赔。至于他们一家是受了邀请，还是主动上门，这个就不得而知了。

从此，人们常会见到她去水果店。隔段时间，水果店主也会带着一家人来七号。单独来的时候倒没有。而白鹿巷七号去无名巷买水果的，就增了不少。果真如人所说，买主能得实惠。

那一日，她一出铸铁大门，就看见了张汉。说张汉是在路上等她吧，却要躲开似的。他的样子像不大好，低着头，闷闷的。没等她问候，他就自己嘟囔了句：

“不争气，病了。”

“病了怎么叫‘不争气’？”她宽慰道，“现在还好吧。”

“好了。”他说着，就急急地向她身后的大门走去。

她径直来到广场，不由得回想遇到张汉的一幕。

张汉真是很怪呢，这么老了，像个没人疼的孩子。

伴随着塔楼庄严的钟声，她不光看到了拍案惊奇，还目睹了刀光血影。

据说是一个从德州出走七八天的精神病患者混入了广场上的人群。一米八的大个儿，黑夹克，黑裤。脸上看不出与常人不同，却暗挟了一把菜刀。若不是小梁及时赶至，还会伤到更多人。小梁力气够大，竟能把这么强壮的汉子死死擒住。她却是吓怕了，离开广场好远，还感到惊魂未定。

站在麦河水果店外面，她两脚发软，并不知道自己什么脸色。麦河的妻子三秀从店里看见她，忙迎出来。她的眼睛显然在找麦河。三秀说麦河去进货了。请她进门，她就说自己路过。

这天傍晚，麦河来到她家，听她说了广场上激烈的搏斗，暗暗放了心。他松松爽爽的。那跟自己有什么关系呢？老太太不过是受了惊。

看样子老太太平复过来了。他甚至一笑，露出牙尖。

从来都是这样，他一笑就咧嘴，一咧嘴就露牙。露出牙的多少，跟笑的程度有关。笑的时候细长的眼梢一弯，又一挑。这一张脸，就都是亮的。

问她有什么要他做的，她说没有，那他就回了。他对这个空巢老人极敬服。虽然人老了所需甚少，但她独自能做的都做了。一些老人做起来有难度的事情，比如支付宝、微信付款，她都能基本掌握。面对她的时候，他不由得疑惑她并没有那么老。他重又叮嘱她有事打电话，就走开。

她未起身相送。他走到了门后，却被她突然叫住。“你为什么干‘那个’？”她不再避讳，“为什么做小偷？”

他一激灵，才慢慢转动身子。她的目光一直在他身上。他低着头。他只是沉默了。确实，他没有做“那个”的样子。

“我偶尔要去‘进’点‘货’嘛。”一开口，却是坦然的语气。他走过来，但没有靠近她，“看折了就去‘进’点。”说着，又一笑，“‘进’着‘进’不着的呗。很少去广场，家门口嘛。”

她竟感到听懂了他的意思。他那个开店法，价廉，抹零，再加搭头，不新鲜不卖，折有何怪？她已经了解，他的妻子多半时间要去给人打零工。夫妻合力才将水果店开到今天。

他抬起头，看着她，好像在说，现在自己没干“那个”，那就不是小偷，当然不必忐忑。可是，他身上软了一样，像要坐下来。

“你坐。”她忙说。

他一点一点地下蹲，在她面前蜷缩成一团，并且两手抱住了脑袋。一个很低的声音从他身上发出来，让她心头一颤。

“那年，在广州大街上，我被人捆了一夜。是这样，是这样。”他说，蜷缩得更紧了，像个粽子，“因为我是小偷。”

她不由得轻轻“啊”一声。

“我亲眼看到小偷在向一个抱孩子的女人下手，就指认出来。”

“结果你被当成了小偷？”她沉思着说，“多年以后你还是忘不掉，你就要去试……折了只是个由头。你总会还回去，对吧？”

他像被捆住了，不作声。

不知是时间太快，还是时间很长，空气已悄然暗淡。她没想到开灯，而他也终于微微摇晃着站起身，朝门口走。

“到桌子那儿去。”她沉静地指示他。

他没有违抗。

“把手放在桌角上。”

他顺从地将手伸向幽暗中的桌角，明显像被烫了。

“拿着。”她说，“以后再折本，就来我这里‘进货’。”

他凝住不动。

“走吧。”她说，语气轻柔极了。

房间里只剩她。她还不想开灯。是晚饭时间了，她不但不觉得饿，身上又平添了力量似的。也许到了这一天，她才想到，自己究竟做了什么。

从此以后，他再不用去那些人流密集的地方冒险“进货”了。他的妻子也面善，还有他们蝴蝶一样的小女孩，多可爱。看女孩年龄，他们要孩子很晚。他一定还有更艰难曲折的经历。生活未稳，怎敢生育？

她想，以后可不能随便把钱放在桌上。橱柜里还积存着一摞无线电研究所的信封。她并不是要贪公家便宜，是为使用方便，才拿回家来。她看见他们一家人在笑。空气都闪亮。

可不，他一笑，就露牙。

她在房间里坐不住了。她简直想即刻去水果店看看。这会儿，他们一家三口该幸福地围拢在饭桌前了吧？

没想到沉寂下来的紫藤架下还有人，她刚要在石墩上坐下，就看到一个黑影冒出来。竟是张汉。这么晚怎么没回西院？

“单了。”似乎看出她的疑虑，他主动给予了解释。

她没听懂，心思也不在这里，兀自坐在石墩上出神，忽然感到有人在向自己靠近，就立马站起来，转身回了家，一点也记不住刚刚发生了什么。

接连几天，没见她下楼。有人提出去她家看看，大门外就来了中心医院的救护车。她被抬下楼。急救电话是她自己打的。多年跟医院打交道，所有流程都挺熟。不用别人操心，该备的物品都挣着备齐了。她很会照顾自己。

那天睡觉前她还洗了澡，哪知在院子里扭了脚。醒来后才发现脚背肿老高，自己撑几天看看，反正日常所需有限，躺着就是。不料撑不下去。照了X光，所幸不是骨折。一去医院立马请了护工，准备在医院住够日子，等肿痛消失再回家。

那护工的照顾又规范又仔细，比家人照顾得还好。邻居没一个来的。她被抬上救护车的时候，已感受到他们同情、惋惜、无奈的目光。不来她也理解。来了还能走开吗？他们想不到她会自请护工。

第三天上午，麦河来了。有白鹿巷七号的顾客向他透露了消息。他问候过了，就怀了愧疚似的在她面前坐着。

今天一早，他去七里堡批发市场进货，搬动果筐时胸前的扣子被挂脱了线，还没来得及缝上。她向他轻轻招下手，示意他靠近些，然后一转身，竟从包裹里摸出个针线包。戴了老花镜，拈起一根免穿线的缝衣针，随手将线挂住，三下五除二，便将扣子缝就。

病友见状，啧啧赞她利落，可不像七老八十的人。

麦河忍不住，眼里噗嗒砸下两颗眼泪。

她没在医院多住。回到白鹿巷七号，又过一周，才算好了。三秀天天来。她过去做的事都由三秀做。

一老一少在一起，就有的谈。她道三秀辛苦，三秀就道来了四处清爽，没处下手。

家里清爽，是让她自豪的事情。丈夫活着时，她每天给他擦洗，没点儿病人异味。清洁令人心生欣喜。不管多难，没见她愁苦过，就因生活洁净。

这些年，除了爬高爬低、实在做不动的，她都做。三秀接过来做，做不了的等麦河来。

她也知道了他们两口子当年同在一个三本大学上学，分别学了文理。家境不好，一入学，就都办了助学贷款。贷款还不上，毕业证压在了学校。两人远去广州。他在一家公司当业务员，来她当服务员的餐馆吃了碗清水面，顺便一聊，发现竟是校友，而且境遇相同。她得罪了一个无礼的客人，被餐馆开除，两人就去城中村租房，一起生活。几年间，能找到的活都干过，才算还清贷款，拿到毕业证。岂料毕业证也不大管用，仍旧走在四处投简历找工作的路上。被拖欠克扣工资不说，光遇上老板跑路就不下十次。她已对找工作无望，就买了个小木车沿街卖菠萝。不是因他意外被一家小房地产公司招聘，她早就准备离开了。结果，遇上了那件事。

三秀的叙述卡在了这里。略停，仅代之以“麻烦”。

老人眼前出现了一颗被弃置夜半街头的“肉粽子”。

以后，他们辗转去了好几座城市。最难的时候已过去。他们有了自己的店，而且开在中意的位置。小区远不是混乱的城中村所能比的。人好，和气，一来二去，也都熟了。没人无事生非。

她出院那天麦河跟她来家。临走，从紧靠玄关的桌旁一磨身，桌角的那个信封就不见了。

她脸上悄悄流露出欣慰的笑容。

桌角那里，无线电研究所的信封就一直有。三秀发现信封里装着钱，建议她收起来。她淡淡地说："放着吧。"显然，三秀对麦河的行为一无所知。

旧信封被麦河怎么处理，她可就管不着了。

大约两个月后，听见敲门。像是麦河第一次到来一样，敲门声轻轻的，试探着，迟疑着。开门一看，西院的老头子，挪不动一样地立在门口，嘴里喃喃低语：

"逼的。"

她没明白。

"五十多了，还不争气。"他苦着脸，不看她，"折腾一辈子也没成什么事。"

"大张逼你？"她不禁问道。

他不响。她想到了一个淘气的男孩，却想不起长大的模样。忽听他说：

"老林，你想要有个人照顾，有我。"

他本是胆怯畏缩的，抬起来的目光，却燃起了大胆的火焰，炙得她猛地退后一步。他还在直勾勾地看她。他总算看清楚了，那淑美的仪态仿佛还停留在遥远的往昔。

她慢慢给了他一个看似很柔弱的背影，而他即将走过去，捉住她！他虽已老，闯进门一把捉住她的力气还是有的。她抬手，指指他的身后。

稍停片刻，他悄无声息地向楼梯挪去。

麦河一个月能来个七八次，间隔时间不一定。从白鹿巷到无名巷的那条路，已被她走熟了。有时候会在半路相遇，然后一起去水果店。他要扶她，她总不让。

她曾给他看过一张发黄的全家福。那女儿跟她一模一样。

他伸向那个棕褐色信封的手沉重了，迟钝了，不再手到擒来，迅若电火。她没有眼花——他全身哆嗦了一下，就像被抓了现行。

另有一次，信封竟从手上滑脱！他的脸上登时布满了羞惭。

她很想告诉他，这正是她的恩典。

不料，小梁在广场捉了小贼，从贼窝搜到这样一摞信封。押着小贼，去了麦河水果店。水果店什么时候被盗，麦河毫无觉察。掀开角落一个水果筐，空空如也。

其实一看见小梁，麦河的脸色就唰地灰暗下来。面对右下角印着“山东省无线电研究所”的旧信封，他无从解释。

“早就怀疑你了。”小梁冷笑道。

“我不。”他慌乱地低叫一声，两眼躲开小梁，转动脖子，只看他的店。他心爱的店。目光甚至从妻子和女儿的身上扫过了，直到最后，才看定她们。她们跟他一样惊慌失措。

“不……”她们向他扑过来。

一家人抱在了一起。他回头看着小梁，那样的目光让小梁不禁迟疑了一下，因为那几乎像是一撮无用的灰尘。

她姗姗而至。

“林太太。”小梁肃然起敬。

“我送的。”她沉声静气，说着，转向麦河，“怎么不去看我了？今天，我要你们一家子都去。”

在做出那个惊人的决定之前，她跟麦河进行过深谈，特意提出将来自己必要走得干净。只带一张全家福。所有遗物，烧、埋、弃、用，均由他任意处置。他阻拦，但她主意已定。

此事一经公开，即引起轩然大波。她一再被提醒，财产赠予非小事，应防被骗。世人也因而得知，她在本城也并非没有亲戚，只是疏于往来罢了。

意定监护的办理，用了将近两个月。小梁全程在场。之后，她坚持把亡者的遗物转移到地下室。尽管麦河过意不去，作为被本主指定的代养人，也还是搬来同住。

水果店继续开在无名巷。那个小区比白鹿巷七号大得多，又不远，不必迁址。

三月间，麦河带全家去大观园看了场相声名家演出。趁热打铁似的，第二天又去广场重拍了全家福。

此刻天长

刻者米旺的归来，把一条路都踩老了。

首次走进人们视野的米旺，是一具淋过雨的“空纸壳”。不见了十几年前熟稔的行头：肩挎一条褡裢似的蓝布袋，里面装了全套刻章工具。每逢集日，他都要赶去塔镇给人刻章的。

日日行立于东三条，何曾去想一条路的历史？眼看这天涯倦客临近，人们蓦地想到脚下的路竟如此古老，尽管满眼都是时新的事物。

所谓“古道西风瘦马”，一条踩踏了千百年的路，不得不龙钟了，更因浮尘不起，衰草连天，而有了寂寥透骨的意思。

道路尽头，就是这块土地的中心——塔镇。其实仅在近些年，它才是笔直的，也只有到了极度扩张后的塔镇，才叫东三条。又因直通村里，村庄好像随之另有了同样的名字。当年，沿着这条路，米旺走向塔镇，又从塔镇辗转去了外面的大世界。

看他归来，人皆暗叹，这下古天定有伴了。

“龙帘高卷紫金钩！”

古天定是个喜唱夯歌的老光棍儿，恓惶了一生。村里早要把他送往敬老院安度晚年，他恋村，不去。

十几年前米旺被招赘在南方，孤身而归后，对人没避讳。老婆跟了别人，给他一笔钱就打发了。这笔钱是多少，人们不清楚，但知道他炒股。若非发生世界性金融危机，他还会做下去。也就是说，阔过。问他何不做些实在的，他说不光他炒股，岳父全家都炒，小舅子大学毕业，在证券公司工作，他就是让他们给拉进去的。

拿着前妻给的那笔钱，游山玩水大半载，回来时估计所剩无几。在他屋里，没一件值钱的东西。等他把一张桌子搬到东三条，才知道那就是他的镇宅之宝。

桌子有了年岁，是他在金乡一中读书时自备的课桌。三合板桌面，铸铁的四条腿，放在地上倒还稳当。显然是要重操旧业。几天前，他从塔镇新买了刻章工具。

生意萧条。头一天，租种他的田地的堂哥帮衬，请他刻了斋号。接连两天没开张。已有的就有了，未有的还没想起需要章子。有时他在街上坐一上午，有时坐一下午，收摊就把课桌搬回。

搬课桌不便行走，他就那样像个跛脚，斜着身，一趔一趔地走回家去。这个精瘦的人，衣着整洁，头发不长不短，神气清清淡淡的。谁承想当代农村还会有人这样生活？他就是另一版本的古天定。

跟古天定不同，他洒扫庭除，比女人更细致。换个人，面对一无长物的家，都会夜不安枕。

世上拼死累活的人不鲜见。堂哥米大川辛苦耕种自家的田还不够，又揽了他的那份，一有闲就出门贩卖，啥挣钱做啥，苦累全不计较。但在他的家里，空气都是财富，自然取之不尽。

不愧是阔过的人！一颗章子能刻多半天，说他认真，不如说他只是要找到一件事做。刻章收费，单为了让人安心。

看他刻章，能把人看迷了。

看迷了就忘了去做事。

被人一惊，像醒了大梦。

再一看，他自己还迷着呢。不去把名字写在印石上，就那样久久地盯着印石看，似将骤缩而入。

终于动手，也是慢慢、慢慢、慢慢去刻，要从那字迹里挖出什么似的。刻好了，恍惚觉得一缕白光，嗖！从那章子里飞出来。那就是灵魂回到了身上。

但他简直就是东三条的难题。他不像八下村一个叫立民的苦人，外出三年，成了独臂。他享过福、上过五台山、给村里爹娘带来过荣耀，都是事实。住的虽旧，却还牢固，是当年他父母给盖的婚房。四大间，前出厦。院里砌个长方形花坛，爬了苔。坛中两株老月季，长成了树，繁花压弯了青枝。左看右看，都难叫穷相。

唯一看不过的是，缺女人。

他年纪四十上下，别人拐弯抹角地问他，要不要再娶，找什么样的，他像不感兴趣，使得人乱想，该不会被女人伤了吧。

村里年轻的书记小甲，时时发愁，愁的是怎样让米旺过上红火的好日子，能像其他每户村民，屋里屋外塞得满满的，最好再配辆小轿车。

凭村集体实力，可以把他养起来，但他年轻，不符合被养的标准。小甲要做的，暂且就是不停地让他刻章子。阴刻、阳刻，寿山石、大理石，篆体、宋体，刻了一堆。起先还只刻名字，后来想起什么好词、佳句，也让他刻。米大川喜书法，擅写对联，给自己起斋号，小甲也弄了一个，很显学问，叫作“抱朴斋”。

东三条最喜看米旺刻章的，就数小甲，要找他，十有八九站在米旺的摊子旁，一脸着迷的样子。他的灵魂往章子里去，好像比米旺还要深，说话也就有一搭没一搭的。

“晴雪斋的老郑我认识。他答应给我寻一枚上好的田黄。到时候请你给我刻个‘见素’，跟‘抱朴’凑一对儿。”

米旺像根古柏，身子纹丝不动。

噌、噌、噌，极细、极低、极短促而又极清晰的声音，从刻刀上发出来，听到耳朵里，麻酥酥的。

小甲不说了，只用耳朵听。

“我有个创意，割块泰山石，刻几个时新的字……”他又说。

米旺无声地看他一眼，他就把话咽了。过了一会儿，他又说：“我没别的意思。一个字这么大，恐怕得刻上半个月……”他比画着。

工作结束，米旺蘸了印泥，慢慢在一个专用的本子上按了几下，红彤彤的，煞是打眼。主顾不在现场，他就收摊子，等主顾去家里拿。搬着课桌没走两步，不想一个女人突然冲出路旁的院门。

“米旺，桌子放下！”女人脱口喝道。

小甲一愣。没看错，女人垂着眼皮。

女人挺高了胸，梗着脖子，冲到米旺跟前，一把抢过他手中的课桌。

“就放在过道好了。”女人说。

米旺脚下的道路通往池塘边的住宅，是修整过的，但转眼过去几年，没人想到他本不必把课桌搬来搬去。

一时间，小甲就像做错了事。那女人麻利地把课桌给搬进院门，放下后就站在门口，朝着街，笑微微的，情绪好像已平复，但还是垂着眼皮。

米旺停了停，以他不变的步伐，向他家走去了。

“刻上‘当代桃源’几个字，”小甲调整了一下表情，继续说，“弄一底座，往街口那么一蹾，就是东三条独一无二的标记。”

“哈哈哈！”那女人猛地大笑起来，笑声响彻东三条。当然，小甲不知她为什么笑。他很不好意思。

好不容易女人才收了声，脸色红扑扑的，双目像闪着细碎的钻石一样的泪花。不得不说，此刻女人很美，但过去村里人从没觉得她美。小甲有些不敢直视。那阵清脆响亮的笑声所包含的意味，他还没来得及细想。

回到家里，小甲暗愧。这么多年，自己究竟给米旺做过什么？几个月前，镇上给村里派驻了帮扶干部，就是那个笑声让他招架不住的女人小管。

看来，他是要跟小管合计合计了。

村里安排小管住在张新良家。户主的一儿一女在外地求学，平时家里就剩夫妇俩。之前小管基本没跟米旺搭过话。小管常去看望古天定。小管一来东三条，古天定家就干净了，身上也齐整了。

不少人撺掇古天定退了五保。他要是贫困户，小管对他这么照顾，可以当作一项帮扶成绩。小管听到风声，就对古天定说："您老可不要放心上。要真放不下，就给我唱段夯歌，我喜听。"古天定嘴闭得像上了锁。

就像小管不在跟前，古天定会忍不住吼上一嗓子夯歌，米旺不在跟前，小管也是个蛮开朗的女人。听她站在张新良院门口纵声大笑，憋了很久似的。

第二天上午米旺没上街，下午才来。小管看见了，风一般，立马给他把课桌搬到街上，然后对他说："给我刻个章子吧。我叫管晓蔻，主管的'管'，拂晓的'晓'，豆蔻的'蔻'。"不等他答应，又说，"我得回镇上一趟，后天我来取。"

搬桌子、说话，瞬息间完成，好像话一落地，人就没影儿了。

“龙帘高卷紫金钩……”

苍空下，远远传来古天定寥寞的夯歌。

小管这章子，别说后天，后年也刻不出。米旺先看空气，再挑印石，然后对着印石看。等他慢慢拿起刻刀，就是腊月里了。

果然，他这一天似乎什么也没做，古柏一样沉默着。

后天转眼就到，小管没出现。

差不多在第五天，小管才从镇上来。她这回开车来的，把车往张新良家院门口一停，拎上东西先去古天定家。跟以往任何时候都不一样，她简直像个无比健康的母亲，似乎浑身散发出动人的乳香。不怪古天定一见她进门，那张苍老的脸，立时布满柔和的神情，赛过乖孩子。她给古天定做好饭，一刻没停，又风风火火地去了米旺家。

“米旺大哥！”一到院门外，她就分外悠扬地喊，“我来取章子了。”

好像到了这一天，东三条的人才看清楚，小管身上滚圆，胳膊、腿、胸脯、小腰，有什么东西扑棱棱要从里面挣出来。她要是植物，就汁液充盈，可以结出最为饱满、芳香、光亮的果实，比如金灿灿的玉米。

事实上，她几乎没去听米旺告诉她章子刻没刻，就在他家四处走动起来，很符合一个女干部形象，热情亲切，关心群众。等她面带微笑，快速而入心地把他家旮旮旯旯都察看过，才往他跟前一坐，跟他拉起家常。

米旺家里有了两个人，但还是很空。

米旺家里传出来的，只有小管的声音。米旺像在当街刻章一样，在小管跟前保持沉默。你要他边刻章，边跟人闲聊，那不可能，哪怕嗯一声，也是放下了手中的刻刀。听不到米旺说话，就会觉得他在赶着给小管刻章。因误了期约，刀下必加功夫。

亲眼看了才知道，米旺手上什么也没有。小管抻长了脖颈。她坐的位置，恰有一束阳光打过去，让她面若银盆。

走出米旺家的小管，脖颈还抻着，但一脸惬意，就像是听过了古天定的夯歌，两胁生了双翼。

她不回张新良家，直奔村委会，迎面碰到小甲，不由得愣了愣。小甲也愣了愣。看得出双方都觉得有话说，一时竟说不出来。

显然小管是倏地改变主意的。

“你以为米旺是石匠！”小管半调侃半认真地说。

小甲赧然挠头。两人竟就此分道而去。

过几天小管才知道自己小看了小甲书记。东三条艳阳高照，微风和煦，有大黄杏子味，但谁都觉得小管和小甲这两人很怪。

米旺刻章的时候，小甲不来瞧了，小管也只在张新良家里，跟女主人朗声说笑。米旺收工而回，他们却几乎同时站到街头，明显是在主动躲避，各自默默地东看西看，风水先生似的。

从北边来了个“草把子”。到了近前，看出是人，却是跛子，穿的灰褐对襟大褂，脚下一双黑布鞋，头上一团烂草似的黄毛，扎了个核桃大的团髻，望之不凡。

早有人对米旺叫一声：“生意上门了！”

米旺头也不抬，而那人在二十步远的地方住了脚。微风吹不起他的衣衫，使他更像个枯槁的草把子。明明是站在东三条，站在路旁屋影、树影之间，却像退去了。

退去了哪里？不是地下，亦非垣堵后，而是光阴里，逝去的古老光阴的深处。就像米旺当初远道而归之时，脚下的一条路，像黄土、空气、星辰一样古老。而他脸上随之发暗，驰掠过古老斑驳的云影。

街上除了刻章子的声音，就听不到什么了。那种不寻常的静寂，惊动了张新良院子里的小管。小管无声地现身在院门口。此情此景，似乎最适合每个人都屏息静气。

“老郑！”一声呼叫忽起，差不多使人着恼。小甲从前街口快步走来。“怎不打个电话，好去接你？”口气像埋怨。

草把子缓过神，虽跟小甲握了手，却不寒暄，示意他同走到街旁，目光还在窥着米旺。两人交头接耳。他声音很低的，还是被街上的人听到了。

“瞧，眼里有把錾子。”

课桌后的米旺，身子照旧像截古柏，一动不动。一时间，人们但觉石末飞溅，砉然响起，如同印石上起了团团大雾。

回头急寻那“草把子”，见小甲正引着他往家走。蓦地想起来，“草把子”行姿哪里不对，原来一只袖筒是向身后飘摇着的。每走一步，空幻的袖筒都会落下来，在他错动的腰胯上碰触一下。

斜倚住张新良家院门的小管似笑非笑，不易觉察地一撇嘴。

当天下午，米旺就被“请”了。这却是小甲的功劳。米旺被“请”入伙，即将成为晴雪斋的社员。斋主老郑是本县最知名的篆刻艺术家。老郑说米旺厉害，那就是真厉害。

世上高人，多有不全。老郑既跛，又独臂，具备高人的外在条件。

高人眼毒，一眼入骨。

小甲专程给老郑带去一堆印章，让他给“瞧瞧”。这一瞧就不得了，老郑必得要见一面，必得使见面不寻常，也便一瘸一拐徒步而来。

果然，分明是用目光在刻。

没有高声，是不想冒昧惊动。

小甲带独臂老郑去家里吃了午饭。酒过三杯，见老郑一会儿脸沉似忧，一会儿又无端端大欢喜，将一颗烂草似的头，挠得咯吱响。难为他跛脚，竟忽地跨到门外，飞也似的。抬头望苍空，如望时辰。小甲有求于他，处处赔小心。临出门，又要酒。小甲暗咬牙，拿出家中珍藏的唯一一瓶云门陈酿给他。他还挺明白知礼，说声“暂借”。

到了米旺家，不语。小甲遂对米旺介绍了来人身份，又直言相告，入了晴雪斋，印章是另一个价。从晴雪斋出的印，贵的上万。老郑不让多说，独臂潇洒一揖，一句话见出一个坦诚的人：

“恐米兄瞧郑某不起，郑某便在米兄跟前献个丑。”

用的自然是米旺的家伙。小甲的好奇心也让他大大勾起。他一个独臂怎使刻刀？门口也聚了人，俱各好奇。

明明手中只有一把半尺不足、快磨秃的旧刻刀，却如持了锋利的长剑短铗。飞舞满空之象，呼之欲出。随手拈了一印石，勿论寿山、广绿、鸡血，况且也没怎好的，往木凳上一放，就屈身刻将起来。印石竟浑如焊牢在那里，而他头上核桃大的团髻，不知怎的就散了，如起了黄烟。

小甲看傻了眼。当此境，正所谓“未扣时原是惊天动地，既扣时也只是寂天寞地”。

恍惚顷刻间，老郑就将章子弄好了，直了腰，舒了独臂，轻嘘一口气。小甲离得近，看出来刻的二字唤作“忘筌”。人们不知他将说出怎样的江湖黑话来，他却只是轻浅一笑，递章子给米旺。

“将就看吧。”

米旺是接了，谁都相信米旺不会瞧一瞧的。

用不着了。

小甲在旁早早露出了胜利的笑容，像得了百倍的云门。

后来人们断定，米旺未当场答应入社，原因出在小管身上。小管来看热闹倒罢，一关键她的那个神情，让人捉摸不透；二关键那气势，以滚圆的身子排开众人，犹如乘风破浪，不可阻挡，立在人们最前面，又不作声。

米旺可就什么也不说了。

老郑独臂刻章的场面是很让人回味的。那时候，他只一条胳膊，却像有无数胳膊，无数胳膊使力在同一把刻刀上。

常言道：“独膀子打拳——露一手。”老郑露的，可不是“一手”。这样的人都视米旺为奇，可知米旺造诣。

直到老郑徒步离去，众人才似乎缓过神。

小甲蓦地想起，自己竟未提出开车送老郑一送。跛脚行路，那个难。头一低，看见“忘筌”不知怎么到了自己手中，心头顿掣一道光。好个“忘筌”！醍醐灌顶也似，两眼直勾勾，回了家。其余人等多有返回原地的。

小甲看米旺，那是越看越不一般。管他真假，先抢了印石去。这一两天内，有说要刻名，有说要刻号，唯恐轮不到小甲。米旺不说答应，也不说不答应。

不一般的人怎么着都对。

米旺反而不上街了。人们遐想，没人时他会像老和尚一样参禅打坐，以捕获新的在篆刻艺术上的灵悟。小管的章子还没刻呢，人们不用急。不过，对他不入晴雪斋，多数人表示遗憾。

旧话重提，从晴雪斋出去的印章，售价一万。老郑这么看重你，想必价码更高。

“听他瞎说。”米旺笑道。

不闲聊了，出去走走。去池塘边坐坐。只半塘水，生了高高的水草。阳光照进去，水光从草丛中反射出来。啾唧啾唧的，不知什么鸟，藏在那里叫。

从池塘边走开，又去村里走。碰到老人就站住说会儿话。要不就去野外。野外更有看头了，一条沟一道壑的，有庄稼地，有果园、蔬菜大棚，时而整齐，时而错落。那些庄稼，他还都认得。有人在地头点种了花草，都是最朴素的。他认出米大川的地了。地里种了那种辣死人的朝天椒，密密麻麻，像伸着无数绿色的小手指。

晴空万里，罩着这一切。

有一天，他搭乘别人的车出了村。有人猜他要去会老郑。像多少年前一样，刻章暂时还养活不了他。那笔数目不明的分手费，终有花尽之时。入伙晴雪斋，到底是条好生路。几天过去，他这是通了。

等他回来，一问，果真是去了县城，却是探望一个老师。

人们方大悟。谁的本事都非天生，人间米旺也会有个师父。此人不是神仙，不是老道，是他在一中读书时的美术老师。师父领进门，修行在个人。受了启蒙的米旺，达到如今令晴雪斋斋主折服的技艺，是靠自己的钻研摸索。不是米旺没提过这个老师，也不是第一次看望他，是人们从没认真想到这上面。

“侯老师快七十岁了吧。”

“哪呢！属猴的，七十八了。”

“身子硬朗？”

“可不。”米旺像更亲切了。

从一个街口踅出个女人来，是小管。其实人们是先看到一张飘动的白纸。

小管小心地捏着两个纸角，想必墨迹未干。到了近前，果真是新写的一副对子。字很黑，犹存墨香，有漆光。

米旺留心一瞥，认出是个五言短对：

“道高人不识，地远心自闲。”

“大川写的？”有人问。

“嗯。”小管笑着重点头。不多说，继续往前走。

“大川还真有两下子哎。”

小管走了过去，感觉她的身子在跟那短对一起飘。不知有几人看出来，她的脸庞有些消瘦了。一转头，见米旺也已走开。

米旺去南方，只告知爹娘。

小管常站在张新良家门口。那一天，站着站着，就举步向前。

米旺家门紧闭，月季花朵探出墙头，喷吐一股一股浓郁的馨香。明知院内无人，小管还是悠扬地叫了两声才罢。当然只以为米旺又去逛了。待走到人们视线中，谁都觉得看到了人世间一个最孤独的人。

通过米旺爹娘之口，她得知米旺两天前就不声不响地离开了东三条。说是探望孩子，但人们仍旧有了强烈的预感。这会是米旺的大逃离，很可能一去不回。

求你刻枚章子，不舍得给人就不刻，至于要逃？

小管在人群中什么也不说，什么也不放在心上。她本是一个素面朝天的人，此刻却像直直地站在了空旷寂寞的舞台上，灯光渐暗，红唇将萎，满头的珠饰在摇。她突然间满脸惊惧，宛如看到了青面獠牙的怪兽。

似乎伴着巨大的轰鸣，爱心小屋落户在了东三条。眼望一辆大拖车燃烧着熊熊的火焰从天边冒出来，还没人想到车上拉着何物。橘黄色的屋顶，像博士帽，有种意气干云的味道。四壁搭配多种颜色，看不出材质，后来才知是304不锈钢，难为刷出了木头的质感。门窗俱全，整体的样子很像县城为上班族设立的早餐车，实际上也正是小管从市政部门协调来请人改装的。叫它小屋，因为它并无车轮。

当时，没等拖车进村，小管就走开了。找到小甲的时候，已经平复。

东三条要成立自己的印刻社。她向小甲坦白，甚至说出了更多深刻的大道理。没有文化的繁荣不是真正的繁荣。社会再富有，群众再富有，最终还要回到精神文化上来。饱暖是一个层次，精神文化又是一个层次。东三条要打造自己亮丽的文化名片。

小甲哑口无言。

现在的问题，不是小管的自行其是，而是米旺到底会不会回来。米旺离开了东三条，这真是风云突变。

小甲说出了跟村里人一样的疑问。他本不该介意受到小管的唐突。小管一席话，让他认识到了自己的速成思想。爹有娘有，不如自己有。都因自己太过迷信晴雪斋。

看出小甲不介意，小管明显轻松了，脸上不知怎么就带出了若有似无的笑纹。

“交给我吧，小甲书记。”小管说。

爱心小屋被空置在米旺以往刻章之处，从此开始了长达两个月的漫长等待。风吹雨打日曝，没有减弱它的色彩，仿佛更为艳丽了。尚无主人，就已经吸引了外村人的注意，每天来看的人不少。随着爱心小屋落地，米旺的名气也大大传播了出去。当然也有独臂老郑的功劳。而小甲在七月底得了枚老挝石，老郑说是水料，他也便更加盼望米旺归来了。

从远，从近，小甲的目光常打在爱心小屋那里。他把一只手暗暗攥成了拳头，像在使劲。在无人处张开，手心满是汗。

那老挝石竟如在手心被温柔呵护过，细、润、凝、腻，透明了大半，煞是可爱。

看着看着，他不禁摇头。他虽是外行，也知坊间石因字贵的道理。

每天，小甲都吃得很少。他忘了自己苦夏，也忘了夏天。好像不大见小管了，见了小管也常止不住嗒然忘言。其实他很想知道小管有没有联系米旺，却一直没问。

这个夏天的小管，仿佛东三条街头无主的爱心小屋，美丽而寂寞，小甲望之心颤呢。

简单说吧，爱心小屋就是管晓蔻的屋。

“龙帘高卷紫金钩！”

古天定的夯歌又响了，好像不论在哪里，东三条人总能听到，哪怕只是沉吟。老光棍儿枯木朽株般的身体里，装了多少人生的苍凉。

小甲正在村委会接待一帮造访东三条的客人，忽然瞥见门外路上掠过一些朝池塘方向走去的身影。似乎有个声音告诉他，米旺回来了。他顾不得解释，抛下客人就朝外走，半路上张手一看，不禁迷惑，那块“忘筌”竟硬硬地压在了手心。

米旺仍旧一个人回来。小甲先给小管打电话，报告米旺归来的消息。小管没有表现出特别的高兴。

东三条的人无不相信是小管将米旺招回的。如何艰难，得靠想象，但的确已经过去两个月。在这两个月里，小管不停地给米旺打手机。像小甲一样，小管也苦夏。因为苦夏，说起话来就绵软无力。还有人相信小管亲自跑了一趟南方，至少是出差时顺道见了米旺一面。不管怎样，米旺重新站了他家院子里。

月季花盛开，满院姹紫嫣红，让人看了心乱，但花树旁的米旺双眼清澈，好像在远眺。

不得不说，人们有了近乎失望的发现——那么清澈的眼睛，想来不会掩藏什么——也就是说，人们没有看到錾子。

重归的米旺，大抵是自废武功了。

总有心急的人等不得，求刻。米旺一律摇头。

“不入眼，不入眼。”

小甲一字没提自己得了老挝石的事，更没提爱心小屋。小管第二天来东三条，捎了两块楹联，长短宽窄，跟家中贴的春联仿佛。木头的，黑漆，金字：“近来都是有缘客，远去何须别看山。”小甲唤张新良给挂上。爱心小屋更像个样子了。张新良问是谁的字，小管说米大川的。张新良惊道：“怎比纸上的好？”又端详一阵，“好太多了。”

这一天，爱心小屋第一次让人见识了内部。当然没有厨具，但有一个书架、一张桌子，都跟墙壁连成了一体。剩余空间还可以放下一张行军床。

不断有人前来参观，但小管却自去了古天定家。

吃得少，瓜菜岂能供给多余的气力？她来到古天定家的小院，不像过去忙着干这干那。她往古天定跟前一坐，竟不禁噗嗒落泪。古天定可就大慌。

“没什么。”她忙说。她是真的瘦了。脸、手腕子，看得到骨头。落在手腕子上的目光里，有自怜的味道，但她振奋地说：“古大爷，把您的夯歌奉献出来吧。这是一笔财富。”

古天定自小跟爹学夯歌，听的人如登仙界。夯歌唱得好，没等说下媳妇，就老了。当年享过荣耀。不幸伤了膝，青石夯就撂在墙角，夯歌也弃了。

人生好时机，错过便不可再得。越老，越不喜提这个。

小管飞快地环视一眼独居老人的屋子，每一丝空虚都将为财富所充满。小管爽性直言，不久之后，她将找个民俗专家帮老人把这笔宝贵财富整理出来。

不足为奇，老人黯淡的扁鸭子嘴又上了锁。

从老人家出来，小管就去米旺家。

米旺入住爱心小屋的过程，可谓极漫长，但相对于东三条古老的历史，甚或相对于个人的一生，这前后五个月却极短暂，像在须臾间。

天气转凉，入秋了。

大片大片发黄的梧桐树叶，很响地落在地上。米旺家的月季花缓了开放的速度。熬过了苦夏的小管，也眼看着丰腴了许多。

在此之前，米旺没刻过一枚章。小管时常出入他家院门，跟他喝茶，帮他做过家务，共坐池塘边看过水。随着苦夏症状渐消，她的声气又高起来，从街上就能听到。

“没女人是不行的！”

有一次，人们隔墙听她说道。米旺怎么回答，没听着，但看米旺平时朗净的神情，没女人，似乎，也行。

她在米旺家，小甲去找她，也不避讳。为何无风言风语传出？东三条的人想过，根本原因，她是镇上干部，照章行事，而米旺，则不过是个情感受挫的乡下男子。弄上一壶老酒，她与米旺在月季花树下对斟对酌，人们也不以为怪。

小管把能说的话说尽，米旺似乎还无动于衷。蝉声绝迹，瓜园罢园，夜间凉水冲澡顶不住，人们越来越感到米旺是真的奇。不嗜烟酒，茶喝点，平时拿白开水凑合，生活不能再简，而又没女人。照推断，唯一的迷恋，就该是摆弄印石、刻刀，但他反复对人声明：

“别让人耻笑了。”

机会就这样降临。

小甲心血来潮，某天中午登门造访，要请米旺给东三条的继续发展“出谋献策”。理由堂而皇之，“见过世面”。米旺根本拒绝不了。况且他还带了菜肴：醋熘土豆丝、凉拌黄瓜、油炸花生米、煎鱼干和炒河虾。就是没酒，不知是不是忘了。

“坐，慢聊。”他说。

米旺犹豫了一下，拿出老郑送给他的云门陈酿，小甲像没看见。刚给他斟上，他就立马端起来，一仰脖，吱儿一声，干了，向米旺倾举着空酒盅，说：“你也干！”米旺自己斟了，也干了。

小甲似乎不易觉察地一笑。这酒美，真的。低头一看，才发现碗碟雪白，都是极净的。单看这个，就似乎知道，米旺的生活其实有些意思。又看那启封的酒瓶，只觉妙不可言。“米旺，米旺啊米旺。”心里连叫了三声。

“米旺大哥！”门外传来悠扬的呼叫。小管来了。“来巧了。好香啊。”小管说，“酒香，菜香，月季香。”

“我要请米旺大哥给咱们东三条的发展出谋划策。”小甲别着人舌头解释，又邀她，“请坐，一起喝。”

“好主意。”她赞道，“那我不客气了。”

“我再去炒两个菜。”米旺见状，忙说。小管拦他，胸脯一挺：“你跟小甲书记喝。炒菜交给女人。”小甲笑而不语。

米旺带她走进厨房。进门就觉静寂。两人站在一起，声音不高地说话，确定炒青菜、青椒，配腊肉和鸡蛋。都是现成的。米旺要打下手，她含笑目示他不用，让他出去，厨房里也就剩她自己。这厨房她见识过的，并无多余的东西。每一样东西都是应有的，感觉就像仅有一碗双筷，主人过着箪食瓢饮的生活。

鸡蛋炒青椒好说，面对腊肉，小管略有犯难。北方人不惯吃腊肉，这可能就是米旺从浙江带回的印记了。她倒想起一个笑话来，说的是一个吝啬的古人，到集上割块猪肉，不舍得吃，吊在梁上，每当吃饭，就跟家人一起，看一眼，吃口馍馍。一个儿子忽举报，哥哥看多了！

心头一动，那古人莫非有错？看一眼就是拥有，并非不可能。望梅止渴，画饼充饥，独臂老郑说的，米旺眼里有錾子……人生在奇妙中，或许仅觉一二。

米旺赶来端菜，小管打定主意，不让，看他能否作罢。他却不作罢，像抢。在厨房里，她是滚圆的，胳膊、腿、小腰、腕子。身体每一部分，脸蛋、嘴唇、耳垂、手指肚，血肉密集。

米旺摸了一手硬瓷，好像那里陡然炸响一个焦雷，把他炸成了泥塑木雕。却听小管压低声音对他说：

“我就想自己给你办成一件事。”

小管没跟这俩男人对酌，而是回到厨房静坐，从门口蒙眬地看他们。过去很久，她才看清月季花树下，俩男人已将脑袋凑在了一起。她不知他们在鉴赏一块老挝石水料。

月季花香不绝如缕，小管被缠绕住了，身上一阵无力。

尽管没做布告，爱心小屋的开张仍吸引了上百围观者。东三条的热闹景象一直持续到重阳节，收的活照米旺的速度半年也做不完。

办成此事，小管就像从东三条消失了。村里来了省市县重要客人，都是小甲领来观看。坐在小屋窗后的米旺，也还目朗面净，身上也还齐整，也还刻字的时候不作声，人们觉得到底应当表现得热情一些。虽说“近来都是有缘人”，也是生意。和气生财。开张头几天，几乎是全天候的。那小屋再铺上床，安个炉灶，就等于一个家。米旺想睡，可以睡在这里。

围着爱心小屋，形成了一个小小的集市，每天都会有那么四五个摊子，卖菜修锅，卖零嘴、点心、玩具。不是你来，就是你去。算卦看相，修脚点痣，卖老鼠药、万花油、假古董的也有。米旺的课桌一直白放在张新良家的过道里，偶尔会被借用。

最有意思的，是一个写花鸟字的。这把式人都见过。主要的是人长得有意思，鹤势螂形，如踩高跷，却麻子脸配了对吊白眼。

爱心小屋静悄悄，屋外花鸟字艺术家自吹自擂，把祖师爷夸上天，每幅字都能一气呵成，龙飞凤舞。

当一个沉默的独臂人接连三四天伫立在距爱心小屋二百米处时，人们无不想到米旺就要收徒了。他就是八下村的立民。结果，他却跟写花鸟字的走了。

这不是一个好征兆。很显然，写花鸟字的那人，放大了米旺的短处。米旺在小屋坐一上午，纹丝不动，会让人想到连泡尿都不撒，屁也不放一个。一般情况下他会回家吃饭。如果带了饭，他就把窗帘合拢，饭毕再拉开。昔日他在塔镇毛老板杂货铺门口摆摊，也没见他吃饭避过人，不知从哪儿学来的贵气。那时做起活来，也不像现在这样慢腾腾。而且，那么多人并没从他的眼睛里看到鏊子。

不光是这些看客，连小管都渐渐怀疑起来。小管其实也常在的，只是不大走到米旺跟前去了。她站在张新良家院门口朝爱心小屋看了半天，人们似乎还没发觉。

北风一刮，街上渐渐断了聚集的人群，爱心小屋有时会全天闭门。终于下了雪，东三条街上，没有比顶了一头白雪的爱心小屋更好看的了。小管在想，米旺坐在小屋里的样子像一幅油画。天冷了，不能指望米旺会自备暖风机。她要买来送他，不甚妥。真是个让人操心的人。她暗暗发愁，见了小甲就想着怎样提醒他。手机响了一下，米旺发来了一条微信。

“感谢领导对我的关心。”米旺写道，“我要去南方住段时间。刻好的章子会寄回村里。劳请代收。米旺。”

领导，代收……

几句话被小管看了无数遍，怎么看都没毛病。

米旺刻好的章子是分两批收到的。第一批在十一月，第二批在元旦之后。每一枚章子都配了小巧的缎面纸盒，并附上客户姓名和鲜红似火的样图。

从第二批章子里，她获得了很大的惊喜，因为有一枚章子是自己的。从没想到“管晓蔻”三字被米旺刻出来会是这种模样。

她拿给小甲看，先问小甲是什么印石。小甲行家样看了半天，说是青田。她点点头，认为是极好的。

又问字好不好，小甲评价，得是上品了。

“多说两个字。”

小甲头上汗出：“得是不能再好。”

“得是不能再好？”

“目光刻的。”

走在街上，小管像得了宝贝。

第三天，小管从镇上捎回一台暖风机，放入爱心小屋。

年前米旺没回，爱心小屋就让米大川用了。他站在小屋里，书写一副副春联，一色的“新农村引领新风尚，大手笔挥书大有年”“天增岁月人增寿，春满乾坤福满楼”，喜庆。来讨春联的络绎不绝。门窗大敞，开暖风机费电。村里人总是节俭的，暖风机就不开。小管本年最后一次看望了古天定，才离开东三条。不料大年初一刚过，就出现了新冠疫情。当时小管就有预感，米旺不会再回东三条了。爱心小屋又派上用场，成了执勤点，村里人来此领防疫物品，比去村委会更方便。

“龙帘高卷紫金钩！”

半夜里小管朦胧听到一声吼，细听又静悄悄，披衣走至门外，仰望漆黑的夜空，忽然觉得不好了。她叫了张新良夫妇，一起赶到古天定家。

果然，那独居老人躺在床上，有丝气无丝气的。白天小管还来过的，不承想晚上就不行了。嘴张动了半天，像鱼干渴久了，头一歪，无疾而终。

因在特殊时期，只得将老人草草安葬。

当街，小管戴着口罩好一场痛哭！

不久，听张新良家的说，小管几个月前悄没声离了婚。没几个人知道。她那个男人，不是好东西。他们有个五岁大的儿子，男人留了，仅给她一座空房。

从小管脸上，常能看到冷寂的神色了，好像在探听独居老人远逝的夯歌。那确乎听不到了。但她以前也未听到的，何至于冷寂？

形势好转是在几个月之后。一惊似的，庚子年的春天还没过呢，就远去了。身上滚圆的小管，又将与小甲书记一起面临苦夏。

昼长夜短。日头悬在空中，半天不动一动。到底还是会有人顶了毒烈的日光走来，询问爱心小屋何日开张。问到小管，小管说，等着吧。神情却和话不一致。

跟任何一个夏天一样，烈日下的东三条，显得很空。街边，爱心小屋不知疲倦地熠熠生辉，落地东三条快一年了，还是崭新，似乎过去百年，也不会破旧。

漆好，懂行的说，是顶级电镀漆。

小管和张新良家的坐在过道里乘凉，有人从街上走过时告诉她们，米旺回来了。她们对视了一眼，都没说话。过了一会儿，张新良家的说，天气预报说后天有雨。小管说，会准的。她起身去了古天定家。其实只是从古天定家歪扭的门缝里张了一眼。她看见了遗弃在墙角的青石夯。

然后，她去米旺家。在米旺家院门外，她悠扬地呼唤：“米旺大哥！”花香飞舞。米旺开了院门，她没进去。她低声询问了一句：“为什么要回来呢？”他能在南方住这么久，显然有一定的经济支撑，非村里人可比。没等米旺答话，她一转身，滚圆饱满地走开了。

雨过天晴的日子，米旺重新坐入了爱心小屋。光线如此明亮，不用眼睛就能看清一切。跟明亮的光线相比，这刻者的生意，萧条的。好像不仅因为酷热，人们不爱出门。但米旺好像爱上了这里，上午、下午都到。没生意，他就在窗后的桌前静坐。看他坐在那里，你会想到时间不会流逝，做什么都不用着急。

小甲有空就来看他刻章，往小屋里一坐，四面风吹，畅美。

但又入秋了，还好。

冬天了，不刮风米旺来，刮风就不来。小甲想说，刮风就关上门窗，在屋里开暖风机。但并没几个来刻章子的，把人关在小屋里，不如在家不出来。小甲就没说。小甲想过了，到年底就可能热闹一阵，还要让米大川来这里写春联。

现在小管不大管米旺的事了，陪人参观的时候才问米旺几句话。出于客气，人们会夸米旺刻的字，但也会夸那楹联：

“近来都是有缘人，远去何须别看山。”

都是一个字一个字念的，何等自然、随意！不知不觉就摇头晃脑起来。

这楹联米旺也看。他会油然想起另一副短对：“道高人不识，地远心自闲。”一想起这个，就觉静谧满身。

这天寒意刺骨，空气极明亮，却像冰。米旺依旧来了。想着那短对，默默拿起刻刀。似听到什么动静，便抬头望。

东三条好长。那年冬天他从南方归来，把脚下的路走成了老去的时光。此刻，东三条把他的目光也拉长了。于是，他看到一辆车开进村来，一时没认出是小甲书记的车。

从车上走下来草把子独臂老郑，随后走下小管和小甲。一行人一同走向小屋。他们不远不近地停下。

小屋外散有几人，一俟认出老郑，也便立马恭敬起来。

老郑注目凝望，面色遽变。人们揪了心。

“錾子。你说錾子。”

小管暗扯老郑那只空荡的衣袖，声音低而模糊。空气里似蕴了电光石火，只待最后关头的骤迸。但见米旺略将身子一震，就轻淡地投了老郑一眼。

这一眼，独臂老郑随之接了。一接便寂天寞地。接了便没了形迹。与米旺不识了般，一摇头，趔一下，又一摇头，又趔一下。磨转了身，一趔一趔，走开，像在走向时光尽头。

东三条消了音。那米旺继续古柏般在小屋里刻。过许久，始闻刻刀在印石上发出悠然的微声。

已有许多人围了过来。小管猛地向小屋冲去，却被小甲一把拉住。她扭脸看着他，神色有些惊心夺目。小甲似乎想不起要说什么，呶唧着，她好不容易才听清：“你不觉得吗？这样才好。”

街上，明亮的。

老夫还乡

比大古马更长久的是土地。村里人从未虚妄到会与土地一比久长，却可以活过大古马。这点，村里人做到了。

诀别大古马，转眼数年，村里人想起道叔，还会不觉间怅然。道叔本来可以守到最后，那不过短短两个月。他那样急迫地抛下家里所有的东西，投身于一场前所未有的大雾，再次杳如黄鹤。

道叔在大古马村口出现，也是个雾锁广野的日子。

尽管从去年十月就有人来，村里人仍旧觉得惊讶。

那些人身穿蓝黄相间的整洁工装，进村不问路，径直去了西塘边他家那座荒废已久的庭院。反倒是村里人起疑，跟上去，问是什么人，方知少主人安排了专业的装修公司。庭院地点从手机上就能看到，一清二楚，不会错。

在大古马，祖辈没请过人装修，看这装修公司测量、设计，有板有眼，竟没人去问装修的意图。

刈除荒秽，只留下一丛丛茂密的夜来香，人们也才恍然大悟，这是要长住的。

最后一次见到少主人，是在十五年前。那时少主人来接道叔去南方，之后再没见过父子俩。传闻少主人事业发达，资产不菲。

远隔万里人不见，手却能伸这么长。就有年轻人说，这叫远程遥控，在不在场，都一个样。

还说，钱多，像神，靡事干不成！

装修公司撤走，又来人，给屋里添置东西。村里人去看过，床上物品全新，过去的桌椅板凳，也都换成新的。棕褐色皮沙发，另外弄了一对。墙上挂了格力空调和液晶屏电视机。微波炉、电磁炉，市场上那些时新玩意，应有尽有。窗帘布摸在手里，像是悬垂的精美绸缎，上面织满了老年人喜欢的暗花。

当时，大古马全村搬迁计划已经公告，村子撑不了一两年。

村里人看着，颇觉可惜。

以零星的花朵，夜来香迎来头场雪，他家庭院也就完全静寂下来。整个冬天，那些黑色的夜来香种子，像小地雷，不时从枯干的枝头轻轻脱落，跌入泥土。一俟天暖地润，就会发出嫩绿的新芽。这样的自生自长，也有十五载。

跟过去一样，这座久无人居的庭院，乃大古马最为寂寥之处。年节的喜庆，更让人忘记了庭院的存在，因为绝无一人从那里走出，也绝无一人走去。

看到道叔从村口浓雾里蓦然现身，谁都以为他是谁家亲戚。毕竟暌违日久，况且不但岁月无情，那些缭绕于身的雾气，流苏一般，也改变了记忆中的形象。

到底还是有人认出他来：

“是道叔！”

同是苍颜一副的马屯贵，立马收起惊异之色，迎上前去。他的喜悦出于真心。那一刻，几乎使人相信他将与之拥抱。二人同龄，非同族，论起来却相差一辈，他该叫“叔”。

“一个人吗，道叔？”

马屯贵热情地拉住了道叔的手，眼睛往他后面瞧。

茫茫白雾，巨峰一样遮断了田野。在进村之前，道叔就已让出租车回去，马屯贵只能看到大雾弥漫。

在两人蹚着浓雾，一起向西塘走去的路上，马屯贵一再对人介绍：“这是道叔啊，不认得啦？”“道叔离开大古马那年你还小，怪不得。”

马屯贵素来嗓门大，说话声也就引来了一些人。该叫道叔什么，马屯贵也随口说给他们。于是，浓雾笼罩的街头，也就次第响起了“道爷”“道叔”等等不同称呼。

等马屯贵从道叔家出来，庭院重归静寂。

大古马也静悄悄的，就像每人都在倾听大雾内部的声音，也像忘了大古马今天有人从远方归来。

天色已暗，一个身影在雾腾腾的街上悄然移动。那是马屯贵。这天，没人看到他第二次来到西塘边。

“村里，吃的不缺，”马屯贵给道叔带来了晚饭，“只是没好的。”

马屯贵的嗓门出奇地低，心也极细致。入口的东西可不能乱放。他把食物放在了门后的木桌上面。

回头一看，道叔眼里好似含了感激的目光。这使他一听道叔说请坐，也就没作推辞，而当他在沙发上坐下，又不禁想到，应该去坐椅子，或者板凳。

自己去搬椅子过来，不须道叔动手。他下意识就要斜起身子，舒适的皮沙发却像粘牢了屁股，使他动弹不得。嘴也笨拙了，不知怎么说话。半晌，他才说了两句：

“没准备。不然，就请道叔去家里吃了。”

道叔礼让说：“屯贵，你不要客气的。”

显然，两人都在客气。也似乎都一样，不知说什么。

沉默在持续。出乎意料，马屯贵并不觉窘迫，倒像是在静静享受与道叔在一起的时光。跨回多少个日月，两人算不得要好，却拥有同样的少年。没玩在一处，却也不记得吵过嘴、打过架。

蓦地，竟颇觉与道叔亲近。他想问道叔是否晓得大古马村即将搬迁。新村址选在了刘堂村砖瓦窑附近。那砖瓦窑前几年已报废。他又断定道叔对此一无所知，才会装修庭院，也才有了长住的想法。

顺便一瞧，就晓得这里里外外，花去的可不是小钱。庭院像花园。坐在屋子里，让人浑然忘了是在大古马。

村里人家谁舍得这么捯饬？转念一想，他儿子有钱，这点花销也不算什么。别说住上一两年，就算住上十天半月的，也不用别人心疼。

陡然间，马屯贵就高兴起来。

“道叔早歇着，明天散了雾，再到街上转转。”他恢复了大嗓门，说道，“这几年村子变了样，村里人也都过好了。镇上、县城，也都好了。”

不是夸耀，是让远方来的道叔安心。哪个游子不惦记老家？丢了老家还不是丢了魂儿？

马屯贵没说大话。等云开雾散，光天化日下，就能把一切看明白。马屯贵站起身，向屋门走去。马屯贵停下。

“我后悔了一辈子。”马屯贵背对着道叔，嗓门还是很大，“怎么就少了启祥兄弟的两斤苹果呢？人穷，没出息的，一个毛桃子也会看到眼里。真的。”

马屯贵摇摇头。

往事已久远，道叔说记着，也没记着，说没记着，也还想得起来。儿子启祥记得否，不好猜。离开大古马多年，父子共同回忆乡村生活多次，但对此从没提起过。

当年，他和马屯贵两家，都属于大古马第六生产小组，组长就是马屯贵。六组从村集体分得两亩半果园，总共稀稀拉拉二十几棵果树，还都过了盛果期，结出的果子又小又瘪。

启祥考上大学，是大古马第一个大学生。临开学，六组在场院分苹果，启祥高高兴兴地去领，却没他那一份——几天前办理了户口迁出，他已不是大古马的人。

按人头分，公平，每人也才摊两斤……

那年月，苹果稀罕。

在大古马的头一夜，道叔睡得很踏实。

早上，叫醒道叔的是大古马的安静。连声鸡鸣狗吠都听不到，一恍惚，有些害怕。开门一看，雾气满坑满谷，似比昨日更浓，而左邻右舍也都消失在了浓雾里，就像大古马村只剩他一家的庭院。

关上门，转头想到的，却是马屯贵会不会再来。

昨日在村口如果不被认出，道叔不敢肯定自己真会走进村子。听马屯贵叫出他的名字，原本有些怯意的心，就陡然涌起了一股对马屯贵的感激，时隔十五载，他对这个村子就不全是陌生的。

若不是马屯贵，或许往庭院前一站，就又悄然走开。一个大古马子孙的回归故里，就像从未有过。他家几辈单传，要在大古马被很多人惦记，绝对是一种奢望。

八点左右，启祥打来电话。

启祥让人联系好了县城的一个家政公司，以后他们会安排人定时来照顾道叔的生活。道叔不同意。

挂了电话不久，户外竟起了风。

风声由弱及强，呼啦啦一气儿刮足了两三个时辰，才停下来。从窗子里往外看，遮天蔽日的雾气不见了，空气里透出亮光。

这场大雾！

实际上，一天来的大雾做了道叔的陪护。

道叔走到院中，就像去给大雾送行。打了一下战，不因寒冷，而是发现了空气里的异样。他已在大古马住过一夜，分明一个人也没见到。雾中的景象，回忆起来自然像梦。

这却是日已西斜、天空渐趋晴朗的午后。

道叔就要面对大古马村的所有乡亲了。从正屋门口，穿过院子，到院门口的路，比道叔十五载走过的路还要漫长。

在这条路上，道叔感到自己就是一个没经世面的孩子，在被领去见人。心跳，头晕。他甚至不敢肯定自己会将院门打开。

忽然，想到了马屯贵。

马屯贵曾站在他家屋门后，向他提起一件几乎被他遗忘干净的往事。虽然背对着他，可他好像看到诚恳写在了脸上。

院门外没有马屯贵。

远远近近，站着的都是乡亲。看上去好像全村的人都来了。男女老幼，罗勾张乔马刘。

道叔管不住自己了，咧嘴一笑的那一刻，觉得自己这个大古马的孩子，正在接受万千人无限的宠爱。

似乎没有这场大雾，村里人也还想不明白道叔归来的事实。

西塘边那座装修过的庭院，不少人早已见识过，确乎各种东西都是好的。十五年前启祥把道叔从村里接走，从那时人们就晓得启祥阔了。

道叔一人拉扯启祥长大，老了就跟启祥去享福，合情合理。但村里人似乎没想到去联系启祥，看他能否给村里投资，修路、架桥、打井还在其次，主要是看能否给村里带来点致富项目。实话说，从没有。似乎从村干部勾春胜到普通村民，都没动过此类的心思。

大雾退去，村里人才好像真正想起道叔可是养了一个好儿子。所有有关启祥的传闻，都非虚言。

全体大古马人，过于迟钝。不，只有一个人不。

那老东西，历来有算计。

似乎全体大古马人都站在了道叔家庭院外面，唯独找不着马屯贵。

看到院门打开，人们也便纷纷上前问好寒暄。一直到天黑，道叔家都是人来人往。

晚饭是在村委会吃的。勾春胜从刘堂村的金星饭馆叫了菜，从本村的老勤熟食店买了熟食，弄了满满一桌子。勾春胜声明："这都算我的，不花集体一分钱。我代表大古马全体村民给道叔接风洗尘。以后谁要请就单独请。"

大古马有头有脸的都来了。

马屯贵没来。

道叔离开村子之前，马屯贵就已辞掉六组组长。马屯贵自家有生意，老了却没能挣来地位和声望，就像当过组长的那段已被人一笔勾销。

道叔真心要喝，最后只好被人背回家去。醒来的时候勾春胜也从沙发上醒来。他很过意不去，以后再去人家里就很注意。有第一次的教训，人也不强劝。

像马屯贵说的一样，村里人也过好了。该有的电器，家家一样不少。冰箱、电视机都有"三下乡"补贴。空调是去年镇上统一安装的，一家免费安一台。安空调前一年，先给免费安了电暖器。冬天大多数人家开电暖器取暖，认为比空调要省。

过去烧柴做饭，现在使了液化气，还常会另配一个电磁炉。要想在早、中、晚赏看农舍的炊烟，盛况确乎不如从前。十五年前有个懒汉叫罗斤桂，十里八乡无人不晓，现在脱胎换骨，在村里的帮助下开了茶室和游艺厅。

勾春胜还抽时间专门开车带道叔去逛塔镇。到了塔镇又说，走出大古马怎能不看金平白露呢？这让道叔感到他的目的就是要带自己去看白露。

十五年前从没听说过金平白露，因为金平白露是县城东一座新建的国家级湿地公园。那里有个人工挖掘的白露湖，水面浩大至两千亩，为本县人民的骄傲。

游金平白露不几天，镇上来人要见道叔，却扑了个空。打他手机，关机。问谁都不清楚道叔去哪儿了。也许到了这一天，人们才想到马屯贵与道叔关系不一般。

在人们乱猜的时候，马屯贵走来了说：

“道叔在东沟地里呢。”

原来这几天，道叔一早就去东沟地，不到天黑不回来。

大古马最偏僻的一块土地，就在东沟地。二十世纪五六十年代，全县兴修水利，莱河取直，废弃的河道就被大古马村种了庄稼。运气好时能收一季小麦；运气不好，比如雨季提前，一季小麦也收不了。收了麦再种，年年白种。雨季一来，得，全泡汤。

道叔去东沟地，人们却感到他是在避人。地平线上，看不到他的影子，他就像从这个世界上消失了。

从很久以前，这里就被拿来吓唬哭泣的小孩：

“丢东沟地里去！”

这时节，东沟地除了沟底才返青的小麦，就是往年的枯草。

人们第一次想到，道叔又要离开了。

该不会大古马人哪里失礼了吧。

当时，人们尚不知勾春胜接受了镇上的一项任务，那就是要他通过道叔，争取启祥给家乡投资。据说镇上向勾春胜下达任务的时候很严厉，完不成，村干部也就不用当了。勾春胜不是恋栈的人，但也不想被辞。

那些日子常见勾春胜在道叔家附近转悠。有一次被人发现他独自坐在西塘边，望着塘中间一个断了檐角的凉亭，抽烟出神。凉亭为几年前整修西塘时自建。整修到一半，镇上执行新农村政策，要给村里重新规划娱乐场地，因为西塘偏僻，就选择了村委会前的一块空地，仿照县城开挖白露湖，挖了块半亩见方的水面。

勾春胜还多次尾随道叔去东沟地，明显看出不敢走过去惊扰他。

一天晚上，勾春胜在罗斤桂的茶室喝茶。罗斤桂给他带来的客人唱小曲，他听了不满意，非要自己来。这可是稀奇。

要唱也没什么，谁肚里没藏着一两支小曲？可别说村里人，就是镇上他那些朋友，也没听他唱过。

这回勾春胜不光唱，还穿上罗斤桂扮女角的花衣服，动作、神情跟女人神似，像那魁梧的身子里有个妖娆女人。人们就说：

“春胜发愁了。”

勾春胜发愁不跟人说，唱小曲是他最好的发泄方式。

直到一天深夜，勾春胜睡不着，披衣而出，看到街上跑着一只小白兔。她心头一紧，因为东沟地的夜间，常有人看到这样的小白兔跑出来。夜色里，小白兔毛色奶白，传说那是夭亡者的灵魂在大地上恣意游玩。

勾春胜却没被吓住脚步，想都没想，就蹑手蹑脚跟上去。

那小白兔像个轻盈的影子，在他前面蹦蹦跳跳、跑跑停停，穿街过巷。等他意识到自己尾随其后，不由得出了身冷汗，一抬头，竟发现来到了道叔家附近。小白兔在道叔家院门外闪了下，也就倏地不见。

勾春胜第二天才晓得道叔养了一院兔子。大古马的很多人像他一样，也是才晓得。兔子是马屯贵陪同道叔从南边鸡公山里买回的。

这种“七月七”小白兔，鸡公山里才有。马屯贵跟道叔跑了塔镇、鱼山镇、马庙镇、胡集镇、王丕镇，都没找到这种兔。

人们看了，暗自认定就是出没在东沟地的那种。

鼻孔里不由得哼一声，勾春胜从人前走开。但勾春胜到底还是感觉轻松的。道叔在庭院里养兔子，至少证明道叔一时半会儿不会离开大古马村。

有好几天，勾春胜管不住自己，碰见马屯贵不给好脸色看。

另一个消息，姑且算作好的消息，在四月的一天传遍全村：

“道叔要给大古马修建一座彩虹桥！”

这回勾春胜又迟一步，镇上人打来电话问这事，他还不相信。大古马并非跨河，用得着修桥？一问班子里的人，迟迟疑疑，却都说是。再一问，是从马屯贵那里传出来的。敢情道叔的事都与马屯贵有关系。桥就桥嘛，还“彩虹桥”。估计又是马屯贵添油加醋，说不定还出自马屯贵的怂恿。

勾春胜有点恼。他一直认为大古马村领导班子最齐心，占全罗勾张乔马刘六大姓，却事事没大分歧。没想到都在瞒他，一个个在他跟前做没事人。当然，勾春胜不会发作。晚上回家，从看到老婆的第一眼他就断定，老婆也是晓得的，而枕边人也并没有告诉他，也就不恼了。

饭碗端在手里，主意也就打定，特别是想好了当镇上人再来问时，他将怎样回话：

他勾春胜可没听说这个。

世上传言多着呢，不能听风就是雨。不久，去塔镇开会。揪着心，生怕镇上人向他提道叔的事。镇上人没提，他暗自庆幸。散会后开车要回，双庙村的干部王大牙从后面追上来，说要让他捎一程。王大牙不会开车，总是蹭车坐。

在车上，王大牙说："你们村好了，有白给钱的。"他马上想到这是说道叔。王大牙又说："那老富翁怎不给每户弄辆小车子？"他恨不得把王大牙踹下车去。道叔不缺钱花，那也是人家儿子的钱，是养儿子的报偿。

他越想越有气，离双庙村还有二里地，就说："车坏了！"停在路边，让王大牙下来。王大牙不想在太阳地里等他，下了车就自顾自走了。王大牙走了也才二十来步，勾春胜掉转车头，回了大古马。

让王大牙这么一激，勾春胜越发感到大古马的乡亲可敬。算来道叔回乡三个多月，可有听说打道叔主意，张口向他借钱的？仁义廉耻方面，大古马村，模范！

要选君子村，不是勾春胜自夸，大古马当仁不让。

这就不怪勾春胜在望见大古马的村口时，眼前突然出现了幻觉：

他看到了一座彩虹桥！

蓝天高远，晴透了，一丝白云也寻不着。他生活了几十载的大古马，像是一座飘浮在绿色田野上的岛屿。彩虹桥横跨村庄上空，光芒闪耀。

刹那间，勾春胜竟像远行归来。他走出大古马村很久了。也是十五载？不，比十五载更久……那美丽的彩虹桥，就是大古马不朽的象征，可以穿越时空，千古永存。

心头柔柔的，勾春胜又像身子里装着个女人。他狠狠咬了下嘴唇。勾春胜，你从什么时候起娘们叽叽的了？

唇上的疼痛驱散了幻觉。

勾春胜来到村中，既不回家，也不去村委会，一头钻进罗斤桂的茶室。他觉得自己此时的心境，最适合饮茶。他选了窗前的位子坐下。罗斤桂亲自沏了茶端上来，他就让罗斤桂走开。

从窗子里，可以看见村委会前面的那个池塘。阳光落在上面，把水面变成了一块雪亮的镜子，有点刺眼。眼前这条街很干净。不得不说负责街道清洁的村民很尽职。

茶香醇厚怡人。勾春胜慢慢喝着，竟又觉伤感。

这样惬意的生活，不久就要结束了。这回合村并居牵扯到附近五个村。除了大古马，还有七上、八下两村，西周、乔大两庄，而空出的土地将要实行集约化生产，到时候五个村人人持有股份。虽说将来会更好，但毕竟眼前的大古马将不复存在。

忽然，勾春胜看到有人背着草筐从村外走来。那是道叔。想都没想，勾春胜就立起身。他做好了跟道叔打招呼的准备。他可以邀请道叔喝一杯。

可是，尽管道叔走得不快，也仍然从茶室门外走了过去。道叔有没有看见窗子里的他，他不晓得，但他晓得自己没打招呼。

街上传来悠扬的叫卖声。西周庄卖糊粥的来了。

同是在罗斤桂的茶室，那几乎是勾春胜一天里心情最好的时候，一个头发斑白的老人特意走来，对他说：

“春胜，我要给大古马修座桥。”

勾春胜一点吃惊的表情都没有，非但不吃惊，看上去还像是心醉神迷。老人表示要给村子修桥，就像经历无数时易世变，跋涉万里到人前：

“我回到了家乡。”

还有什么比老人还乡的形象更能让人迷倒的吗？

而老人的还乡从来都不是刚刚发生。它一直就隐藏在那里，在任何一个地方，在无声无息的时间之中，从古至今，不须带有多大的荣耀，哪怕饱经摧残磨折，只要出现，就无比动人。不用问道叔要修什么桥、为什么修桥、在哪个位置修桥，什么也不用问，勾春胜就会一口答应下来：

“大古马村委会全力支持！”

大古马全体村民将对远归的游子表示感谢。勾春胜却只是恭敬且欢喜地说：

“道叔请喝茶。”

彩虹桥的消息确实已在大古马传播一阵子了，在场的每个人也都是恭敬而欢喜的。

道叔坐下来，顺手接过了勾春胜递来的茶。

原来，道叔要把桥修在东沟地！

大古马村谁不晓得，东沟地早就该有座桥了。从沟西到沟东去，多少年，从二十世纪莱河取直那日，都是一直走沟底。道叔要修的桥虽然不在村子里，但是在大古马的土地上。只要勾春胜点头，所需什么，钱财、人力，一律不用村里人操心。

“东沟地啊！”听完道叔的讲述，在场的人就只是感叹。

道叔喝了手中的茶，勾春胜又给续上。

“东沟地啊！”勾春胜说，“我要去镇上……您晓得的。您喝茶。”他的眼睛躲闪着道叔的目光，去看别人。别人也正看他。他又往窗外看。街上站了几个人，却在朝窗内看。“您喝茶。”他转头对道叔说，忽然抱歉起来，“忘了问您爱喝什么茶。——斤桂，”他唤，“你有好茶尽管上来！”

罗斤桂答应一声。

后来勾春胜和人们一起将道叔送出茶室。他往前走不远，就拐入一条小街。人们伫望好一阵，没说话。

西周庄卖糊粥的人来了。人们不声不响地各自走散，让卖糊粥的人很纳闷，像是自己把人赶走了似的。

“糊粥，糊粥……”

卖粥人的吆喝声稀落了，也不再悠扬，但这并没有影响他的生意。实际上，这天很多人家买了粥。

总的来说，村里人默认勾春胜的做法。

怎会让道叔修桥呢？喝着淡黄的糊粥，品味着独特诱人的糊香，止不住就叫了声：

“好！”

是说勾春胜做得好呢，还是糊粥熬得到火候，粥中黄豆、小米的比例恰好，这就不好说了。但村里人确信，道叔远在万里之外，喝不到这种本地独有的糊粥。有人说道叔一天要喝三顿，后来减为两顿或一顿。上年纪的人，喝上这么一碗浓稠的糊粥，随便搭配点什么，就可作一顿熨帖饭。一碗糊粥不过半元，他给有钱的儿子省了。

道叔今晚喝的不是糊粥，毫无疑问。

对道叔在东沟地修桥的起念，大古马人至今拿不准。大古马人难以捉摸的做法在几个月后对道叔造成伤害，却是肯定的。当时不直接告诉道叔，没有接受他的善意，原因在于大古马村即将改变的命运？似乎又并非如此。

从庭院的装修，人们看出道叔有在大古马长住的打算，但他确乎不能了。谁晓得呢？反正从那天起，人们看道叔的目光就有了说不明的内容。

微笑还在脸上，招呼也在打。说养兔，说家常，说天气，都不说修桥，就像谁都不晓得修桥这回事。

马屯贵隔三岔五会去地里割来一些青草，给道叔喂兔。彩虹桥本是先从他口里听到的，却再没听他说起过。他从道叔家出来，被一些人遇上，这样的一幕就出现了：

"屯贵。"

眼睛笑眯眯的，却没有别的话。马屯贵也像木了，站了一阵，走开。时间一久，马屯贵下意识要避人。

马屯贵向道叔家走去，像是没了声音；从道叔家出来，也像没了声音。道叔在院门口站一站，无声地转回去，关上门。

道叔不大像过去一样走上村街了。

感受最深的，是茶室老板罗斤桂。过去道叔每日必来喝茶，他都专门为道叔备上可口的小点心。喝了茶道叔再坐一会子，像在养神。

如今道叔也来，不多坐，而且不是每日必来。

卖糊粥的也有类似感受。那天傍晚道叔没有出来买粥。后来顶多只买一顿，顶多只买一元。一元可以喝两顿。也非天天必买。

道叔那天回到家就坐着。他忘了饿。老人本来不容易饿，也就错过了买粥的时间。卖粥人的吆喝声向前边庄去了，道叔去喂兔。

院墙根下，有他亲手搭建的兔舍。买回兔子的前三天，“黄大仙儿”来串门，不客气地给叼走了两只。村子里还有“黄大仙儿”，出乎道叔意料。

养兔子是道叔在东沟地想起来的能在大古马村做的事情。当时他天天去东沟地，似乎只有在荒僻的东沟地，才能看到往昔的影子。在那里，闭了眼也能看到小白兔蹦蹦跳跳。

东沟地沉落在了世外，道叔就是在另一个时间里，甚至还能看到他亲爱的早不在人世的老婆，两手提着裤脚，小心地从东沟地涉水而过。

喂兔的道叔好像不晓得自己在喂兔。

谁都看得出来，道叔开始躲着勾春胜。只要发现勾春胜远远地从前面出现，他就会装着要走另一条路。村里人相信，从那天走出茶室，过了半个月，两人也没相遇过一次。

天真是热了。时近正午，勾春胜像跑一样，从他家棉花地回了村。以前从没见他这么急过。他从茶室门前跑了过去，汗珠飞落在地。

不久，一辆大伙儿熟悉的黑色轿车从他家院子里开出来，朝塔镇方向急急开去。不用说，镇上有大事。

勾春胜回来的时候天已黄昏。卖粥人的吆喝声响起：

“糊粥——！糊粥——！”

勾春胜一个人坐在茶室里，脸上也起了黄昏。

这一晚，罗斤桂的生意很不好。

勾春胜一个人在茶室里坐到九点半，一壶茶早凉透了。罗斤桂试探要去给他换水，他很不耐烦，一摆手：

“去！”

第二天就有消息从塔镇传来——勾春胜遭到前所未有的批评。一句话，勾春胜作为大古马村主要领导干部，没能用好“难得的宝贵资源”。

天气越来越热。其实，每家每户，空调怎么说也不甚舍得开。风扇倒是可以吹吹。风扇吹的风再凉爽，也不似树下的小风儿吹着令人惬意。

街头的大槐树底下、屋影里，就常有一些人掇了小马扎来乘凉。那手里的芭蕉扇，想起来就摇一摇，想不起来，就只是拿着。

单往这里看，就有些古风的形影，被满怀乡愁的城里人看到，就会是田家乐里动人的一幕，但显然道叔不在其中。

道叔不晓得白炽辣眼的阳光底下，骑来一辆电动车。到乘凉的人面前停下，那骑手就向人打听哪里能看到彩虹桥。

这叫人错愕不止，见那骑手脸被晒得乌黑，就问他听谁说的。

“谁都晓得大古马村造了一座彩虹桥。”骑手一只手比画着，说道，“你们村的道叔，还给每家发钱。”

在场的人不觉怒目而视了，一口咬定：

“大古马没有彩虹桥！”

“那道叔……”

"也没有道叔！"

"我从索庄来的……"

"我们不晓得索庄！"村里人继续重重地说。

村里人确乎不晓得索庄，但确乎想得出索庄会在一二十里开外。

外来人不能不感受到人们的恶意，再看看树荫外的阳光，有些打怵。他似在祈求人们怜惜，给他喝上一口水，但人们的眼睛告诉他，大古马连一片小小的树荫也都是极为宝贵的，断不可借他一用。

于是，这倒霉的不速之客便只有悻悻地往前走，或许是为免除自己的尴尬，走出人们的视线后再选择返回。

从这天开始，每天都会有人前来探访彩虹桥和道叔。按说道叔回乡已数月，彩虹桥的传言也不是一日两日，怎么今天才有人慕名而至？人们很快断定，是镇上人对勾春胜的严厉批评起到了助推作用。

几天过去，大古马村人尝到了艰辛的滋味：

把人支走的活计可不轻松。

事实就是，没有一个外来人能走到隐藏在西塘边的庭院。

搭眼看去，那个庭院虽有修葺的痕迹，但并没有多少不寻常。外来人哪想得到庭院的内部？

从街上看，庭院东北角有棵大香椿，早就高出了屋脊。东南角的院门后，一棵榛子树上挂满了圆溜溜的果实。西南角，一棵叶子翠绿的石榴树冒出墙头，仿佛涌起的绿色火苗。而那精修的花池里，簇簇的夜来香，一个月前就开始绽出花朵！如今繁茂不啻往年。

满院白兔，无思无虑。屋内，一位古稀老人端坐在皮沙发上，置身于一件件电器中间，平静而幽深的眼神后面，却暗含神秘的心思。

如果不受哄骗，硬是闯来，首先注意到的，也不是道叔家的庭院，而是西塘里那座断掉檐角的破败凉亭，再加上巷子里隐约可辨的兔子气味并不那么清洁好闻，他会自动收住探寻的脚步。

从巷口朝这边儿望，有时还会望见一个驼背的高个儿村佬儿，挎着空草筐，刚刚从那院门中走出来。

“屯贵。”

遇上给道叔送草的马屯贵，一些人还会照例这样叫一声，但都已觉无味，马屯贵也不再感到局促。

在过去这些日子里，马屯贵每天都会去野外割草，送给道叔喂兔。

转眼就到大暑，天气又闷又热，来大古马的不速之客才近于绝迹。这天却来了个口眼歪斜的病人，被家人用地排车拉来的。人们像躲避瘟疫，马上从街上走散，连狗子也跟着走开。头顶咔嚓一个响雷，是一场暴雨即将来临的迹象。他的家人赶忙掉转车子，要按原路返回。骨碌碌出了村口，见那病人忽然从车上跳下来，跟在车后，将车子推得如飞地去了。

沉甸甸的云层越发低垂。天色墨染，几乎成了黑夜。

道叔悄然出现在他家门口，不得不说，看上去很像一个被抛弃的人。怎么会呢？但确乎如此。他孤单单的，在大古马完全就是一个无依无靠的老人。

他可真会选时候，在街上已不会遇到任何人，连一只狗也不会遇到。

谁也想不到道叔去了勾春胜的家。道叔走进勾春胜家的院门不一会儿，天河就像开了口子，大雨倾盆而下。云中雷东边响了西边响，像是天上滚动着一只巨大的洋铁桶。

道叔与勾春胜晤谈的情景无人可复述。据说勾春胜老婆也主动选择了回避。道叔像只昆虫蛰伏许久，终于迈进勾春胜家门，不可能任其化作一次避雨。但是，人们更相信道叔上门只对勾春胜说了句：

“春胜，我收回。”

道叔可以立马转身退出，但突然而至的暴雨阻止了他的脚步。然后，他与勾春胜默默同坐，倾听天地间，暴雨阵阵如怒。

雨下得急，停得也急。雨停了，道叔从勾春胜家走出来。

在勾春胜家的院门前，道叔竟一脸如释重负的神情，轻松的微笑挂在嘴角。这无疑让人们感动，好像重新看到了一个老人几个月前从远方归来：

出行再远、再久，也终归要与自己的村庄在一起，而世上确实有种情感，一旦萌生，就再也不会失去。

人们隐隐对勾春胜有了不满，因为没看见勾春胜送送道叔。

腿这么懒，不该叫人腿。但天上乌云未散，对田地也便有了担忧。实际上，一个半时辰过后，大雨又开始下，一气儿下到天黑。

广阔的大地，处处响起如雷的流水声。

村里已有人冒雨去野外看过，东沟地又是一片汪洋。

第二天一大早，一帮镇上人分乘两辆公务车，来到大古马。他们不去村委会，下了车就站在街上，派一个人去叫勾春胜。

大雨过后的空气，清新醒脾，在太阳还没有升高之前，似有秋意。很多人都在远远地朝他们看。

道叔也在街上，也在远远地朝他们看。

还有一些不懂事的狗子，也看。

身上微微一抖，道叔就向他们走去了。

与此同时，勾春胜被叫了出来，也正向他们走去，而他们一个个仰起面孔，像看树上的鱼。

又有一些人从四处向他们走去。

道叔听到了自己身后跟随的脚步声。他看见勾春胜背对着自己，一次次地向镇上人摊开两手。

脚步声唰唰作响。

镇上人依旧像看树上的鱼。

树上的鱼吸引了他们全部的注意力，使他们对周围的事情浑然不觉。鱼在树上，好像秋天的果实。

道叔蓦地收住了脚步。

穿过人群，道叔回到了西塘边的庭院。

道叔在庭院里养兔子。

一直到九月，大古马街头基本上见不着道叔。他已经不须自己动手做饭和买糊粥，也不用去罗斤桂的茶室喝茶，一日三餐都由家政公司负责，最后固定下来一位手脚勤快的年轻姑娘。每天一早，姑娘从县城骑车赶来，傍晚再骑车返回。

西塘边的庭院也像偏僻的东沟地，沉落到了世外。

除了马屯贵，村里人像走不到那里似的，但这并不是说人们失去了对道叔的关心。

人们拐弯抹角，总会向马屯贵问到道叔。马屯贵一律嗓门很大地回答：

“好着呢！”

怎么好着呢？马屯贵不说，就是告诉人们“不要你管”。

马屯贵说得对，也不对。同是村里人，偏你出入道叔家庭院，像出入自己家，这就不对。对呢，人家儿子那么阔，可不是虚言。置办那一屋子东西，多少钱？而且还雇了家政员。大古马村，谁曾享受过这个？

倒退多少年，村里人谁会料到这父子俩会发达？启祥留在一些人脑中的印象，是身材瘦小、干瘪，肤色苍白，惨淡的脸上时时露出怯生生的神情。

这样的神情，在道叔归来的那一天，人们就从他脸上找到过。迟一会儿被马屯贵认出，后来的事情就不会发生。

马屯贵也没有不对。没人被扯住腿。

没什么事，可以去看兔子。

九月底，那个没对道叔说出的日子就定在了来年二月，各家各户有四五个月的时间提前寻找借住之处。

对大古马虽有不舍，但对新生活的希冀也不含糊。大古马村里反而比以往更平静，相互间的议论都不多。

人们大多相信道叔对此依旧一无所知，马屯贵也绝对从未向他提起过，因为马屯贵也是村里人。

秋收渐近尾声，道叔却开始一个人在整个田野上游荡。

重新出现在人们视线中的道叔，完全是个陌生的乡村独行者。虽然人们心中仍旧满怀对一个老人的敬意，却常常忘记跟他打招呼，见他走来，不知不觉就把脸转向了别处。眼角的余光发现，他也并没有更多地注意到周围的事情，甚至根本没注意。

走在大古马，像走在世界上其他任何一个地方。这是把任何一个地方都当成大古马了吧。

天气却突然就冷了。夜来香上还有花朵，一夜之间全被冻蔫。

这天上午，勤快的家政姑娘走出院门，将一捆凋败的夜来香丢进街头的垃圾桶。

人们恍然大悟，对道叔哪来“突然”？道叔远道归来，就是要在大古马住到最后，不然就再没有这样的机会。

道叔不可能不知。世上嘛，也就人心是谜……人们不由自主地跟上家政姑娘，拥入了道叔家。

道叔吃过早饭就出了门。人们在他家里里外外地看，好像头一次到来。

这个家收拾得真干净。

兔子挤爆了兔舍！

像在道叔归来之日表现得迟钝一样，村里人确乎对马屯贵大意了。眼睁睁看不着老东西，而当事实铸就，村里人无不感到尊严遭到了侵犯。

再没有人会像他那样鬼！

神鬼不知，他最爱的大孙子在镇郊桥头开办起了黑蒜加工厂，据说暗中接受了道叔的巨额资助，而在“五合社区”，大孙子家添置了空调、电视机等物，每件电器都似曾相识。

同一栋楼上，马屯贵自己两室一厅的家里，则赫然摆着一对棕褐色高档皮沙发！

在那个远逝的冬日，家政姑娘照常来道叔家上班，一进院门就警觉起来，因为兔舍里一点动静也没有。她给道叔准备好早饭，转身去喂兔，才发现兔子全都死挺了。

兔尸被道叔亲手埋在了西塘。

当时有人疑心兔被投毒。道叔阻止勾春胜向派出所报案。勾春胜看道叔脸色，看了好一会儿，曲了腰，低了眉，柔了声："道叔，就听您的。"

干涸的塘底好像劫后废墟，蠕蠕地钻出雾气。人们从西塘边走开，心头疑云重重。再一转身，雾气已将凉亭吞没。只过一个晚上，就氤氲成了一场大雾。

两三天后，道叔家院门大敞，庭院空荡荡的。人们四下寻道叔，寻不见。

大雾已然消退，但大古马每个村民，从勾春胜，到马屯贵和开茶室的罗斤桂，至今都未能被免除猜疑。

偶尔才会有人想起，道叔老婆活着时涉水东沟地，曾被激流冲到下游水闸。

大古马的土地还在，而那个冬天，却跟村子一起成了不可复制的记忆。

报君知

铜铁也老。光子颈下的铜铃声，听在耳中，就明显锈滞了。

从水岸到五合，七里多路，金老赍步步行来，既悔应下了八十做寿，又痛光子君再遭劳累。他的那个小心，似看护待产的孕妇一般。

天地间夕照汪洋如静海，使人相信他们走过了一个极为漫长的下午。

谁说光子君不是一方土地上的唯一？跨过鲁豫苏皖四省边界，难得见到这苦生灵！五合社区子午街金老赍的八十大寿，实为光子君而举办，恐怕后无来者。

上推二十年，玉子尚在，那是在葛老东的手中。再推十几年，还有葛老东的轩子。光子、玉子、轩子，妥妥一家。

先是葛老东从高河镇牵回一头雄赳赳的大叫驴，黑乌头；隔三天，金老赍就从鱼山镇牵回一匹欢腾腾的大骒马，白似玉：只因两人酒后相约一起去野地做大把式。

大叫驴让人诧了一回，大骒马又让人惊。大叫驴那骨架！在生产队当过多年饲养员的张老普说：

“能做马！”

一个叫了“轩子”，一个唤作了“玉子”。世间真有那样的白马，让见多识广的张老普给遇着了。从头到蹄，找不出一根杂毛儿还罢，那白却是出奇，不说盖世无双，也是人间少有，更兼玉雕般俊秀可爱，不怪人们议论金老赍看白马总像看婆娘。

金老赍三十大几了，看婆娘却还羞答答地脸红。他去葛老东家，几十年都像没抬头看过葛老东的婆娘一眼。

葛老东的婆娘姓劳，偏也生得白。人们就像忘了她的名字，背后一律称作“劳氏”。

在大古马村，葛老东、金老赍向来交情深厚。二人要去野地做大把式，引得全村人拥来围观，像是在为他们举行隆重的出车仪式。事过多年，还似有人记得当时的盛况：

秋高气爽，祥云朵朵，满街飘飞着清脆悦耳的铜铃声。

二人各自一架的排车，为西周庄同一木匠所制，正发出木头的清香味。分别从鱼山、高河买来的铜铃，乡人唤作“报君知”，却也像同一个老匠人的手艺，形状、材料、纹路无异，而穿起的红丝绳，确乎出自劳氏。金老赉的婆娘则剪了两团布花，佩在牲口额上，新簇簇、花绿绿，谁见谁忍不住笑：端的一对好夫妻！其他诸如套脖、肚带、背褡、秋襻皆备。

两支桑秆长鞭，洒脱地向空一甩，齐齐“嘚儿——喔！”两声，辕下轩子、玉子就“呼”地并排向野地奋蹄蹿去，而两人紧跑几步，也麻溜一蹿，侧身坐在了车上。

但见野地里一白一黑，时而白在前，时而白在后。

铜铃声一直响，从村里响到野地，又从野地响到村里，似乎再不会消失。

“嘚儿——喔！”

“喔！喔！”

“吁——！”

“吁！吁！”

广阔的野地，吆喝牲口的声音也未息。

当时尚在大古马村，而今则在五合，但声犹绕耳。

大古马已不存。五合是由包括大古马在内的附近五个村子组成的超大社区，家家楼上楼下，最长的街叫作子午街。

在子午街，金老赉与劳氏各分得同栋楼底楼的一套两居室，相隔仅一个单元。为着光子君这人间孑遗，金老赉被上级特许在水岸现筑了两间小泥屋。

金老贲来子午街，主要是来看劳氏。来了也不是看，是在劳氏跟前坐坐，像葛老东活着的时候一样。坐在那里，他会默想玉子、轩子。

他是真没看，越想细看越不去看。眼皮子似含铅，抬不起来，觑着。但他眼见黄土淹顶，还是好身量。瘦干的脸，自少壮就有的黄胡须，尚未全白，就像左颊上那几颗大麻子，不会被岁月填平。

寿筵很热闹。金老贲心似明镜，单凭一介老朽，招不来许多人。

子午街金老贲要给光子君做寿，从三皇五帝起，历经了孔夫子、孙中山，何曾有过这等事？光子君是哪族寿老儿？

光子君是轩子、玉子配下的。

马配驴就是驴骡；轩子、玉子配下的，只能是马骡。

去大古马看骡子的，搬来五合之前就有。尽管那时光子君就是一头老骡子，人们赶来看了也会好奇地说：

“岂不是马？”

对人们的少见多怪，金老贲不屑开口，顶多鼻孔里“嗯”出一股气。实际上金老贲心头难掩自得。

金老贲心里说，你是没见光子生下来。

当年春三月，夜寒料峭。骡驹从母胎一露黝黑的头顶，马棚里就似腾起一团明光。等小骡驹东跪西倒拜了四方，金老贲心头早已融了一汪春水。

金老贲从没说出口，自己长子的出生也未让他如此心动。这哪里是骡驹，就是一匹马！不单别人，他自己就常是疑惑的。

这么光彩动人的生灵，在以后的岁月中，实在是为他赢得了数不尽的赞赏。

轩子、玉子都正当年，骡驹子就卖了吧。金老赍一口回绝：“不卖！”

金老赍叫它光子，听起来像叫儿。儿能卖？骡驹子天性好奇，一眼不见就跑上街，哪里热闹爱往哪里凑，招灾惹祸也难免。

不愧是马骡，长到三岁，身量跟玉子就不差什么。外人见了，就说：“牲口跟人一样，谁养的随谁。”

金老赍说不出地得意。让它给玉子拉边套，母子俩能把车拉飞。四岁口，驾辕了。在野地里疾驰起来，像条蹿动的黑龙。

人又说，玉子享福的时候到了。这就是生育的好处。金老赍不想分开母子俩，葛老东就只有疲于追赶的份儿。看葛老东在后，金老赍想不起来轩子会是光子君的亲爹，一时忘情还会放声大笑。

又过一年，葛老东独自下兖州，归途遇雨，惊雷中连驴带车掉进水流湍急的万福河……葬了轩子，葛老东一下子老去十岁。

一天，金老赍把玉子牵到葛老东跟前。

在葛老东的家，金老赍不看劳氏，好像劳氏不是给他看的。他嘴里支吾半晌，也没说出什么，但在他的心里，他一板一眼地对劳氏说：

“不是说好了一起去做大把式的吗？”

葛老东收下了玉子。在野地做大把式，都还没做够！葛老东、金老赍约定了一辈子去野地当大把式。既有前约，便永不更改。

跟葛老东在一起，就等于跟玉子在一起……马无夜草不肥。

一夜三合草。喂马，讲究寸草三刀。金老赉有空就到葛老东家来。葛老东没亏待玉子，草料袋子里永远丰盛，不是料豆，就是马糁。三次来，两次见他傍着骡项梳骡鬃。

光子君一直跟娘吃马草，以后也还吃马草。光子君长得膘肥体壮，身上像披着一匹精细的绸缎，不奇怪。

“好马！”

不时的谬赞，金老赉听在耳里，却是美在心里。

大古马金老赉的那头大黑骡子呀，这块土地上，谁人不知?

本来是儿女为表孝心，为金老赉举办的八十寿筵，众口相传，就传成了给大黑骡子做寿。那有什么不对?!

给大黑骡子做寿，轰动的不光是子午街，也不光是五合社区，是整个塔镇，整个金乡县境。从早上到中午，人是源源不断地来。听口音，邻县的都有。

人人皆赞那铜声悦耳，指着骡颈下的报君知：

“喏，那里有颗铃铛哩。”

大黑骡子头上佩了团大额花!

那额花前所未有地大，从额上纷披下来，好像大黑骡子长了道繁盛而绚丽的奇眉，不是用布剪的，是用五颜六色的绒线攒起的。

这是劳氏的手艺，看来劳氏早有所备。

从来不曾预料的事情，就这样发生了。细想，却一点不突兀。子午街居民次日一早发现劳氏家门未关，绝未想到她已身在七里外的水岸。

五合社区的底楼住户，皆习惯由前门出入，进了前门就是客厅。这栋楼的底楼住户也都是像金、劳一样的老人。一到白天，老人们纷纷走出房门，坐到门前台阶上，侍弄花草，闲聊打盹，消磨时光，只有金老贲的门前空着。

住在后楼的葛家大儿媳来给婆母送早饭，见房内没人，以为她去了街上，回家顺口说给丈夫兆路。兆路不放心，随即赶来，路过金老贲家门，就怔在了那里。

葛、金两家亲厚，原有历史，金老贲的婆娘和葛老东都已去世多年，尚存于世的两个老人经常走动，虽男女有别，从不避讳，却少有闲言碎语，各家子弟也不作多想。

金老贲大寿，劳氏迎来送往，言语周到，举止得体，像半个管家婆。葛家子弟也都拢来帮衬，几日来没一个闲着的，特别是这个兆路。

兆路是个经验丰富的泥瓦匠，没做过大把式。

在金老贲家门前，兆路心头陡然掣过一道光，照亮了世上的两个人。他们像是终于从神秘的幽暗中走出来一样，在他眼底清清楚楚。

莫说怔了，泥瓦匠被打得措手不及呢，闷着头，回转身，不知怎么忽然坐在了自家楼上。满耳嘁嘁喳喳，好像金老贲的寿筵方兴未艾，好像子午街上正站满了好奇的人。他婆娘问婆母回了没有，他才缓过神来。过了一刻钟，他借口去塔镇，其实是要去水岸。

这才是正月初九，冬寒还很硬。泥瓦匠有意绕到东北方向的桃渡，再从那里沿河向南。河面上的冰甲，发出灰白的寒光。越往前，越觉胆怯，终于放弃了前行。接下来，在野地游荡到电瓶车显示电量不多，才选择了返回子午街。

如果他去他娘家，就会看到他娘正独坐床榻。

在兆路沿河行走之际，他娘在泥屋门前帮金老贲筛马草，忽然想回子午街拿些东西。走在从水岸到五合的路上，他娘不像高龄老人，倒像个新婚的年轻媳妇，在以脚为马。

如不是光子君已老，金老贲一定会赶着光子君送她，那该怎样风光！

在街上看到她的人，不禁惊奇呢。哪是寒冽的正月，是伴着温暖明媚的春色，从另一个世界来的！像昔日俊俏的劳氏回到了身上。身后野地，万物生长，万马奔腾。

细听，空气里响起了布谷和鸣。

再次走出家门的劳氏，臂膊上挄了个花包袱。

即便亲生儿女，也不认得那花包袱是她出嫁的陪送，因它一直被压在箱底。包袱皮上绣着几朵大牡丹，四角各有一个绒线结成的杏黄穗子。花包袱鼓鼓囊囊，容纳着她多年的珍藏。

不像昨晚，一天的喧闹已过，走过沉寂的子午街，连个人影儿也没撞上。

那时候的劳氏空身一人，眼前的道路好像布满黑暗的陷阱。现在，劳氏心情明快平静，花包袱鲜曜。子午街上各处是人，还有一些走亲戚的被吸引住了。

劳氏可以叫人把自己送到水岸，但她只想一步一步地走出子午街。家门也仍未关上，就为了显示她可以随时从水岸回来。没人问她要去哪里。若有人问，她也会大方说出自己的目的地。

野地重又铺在面前，劳氏才想到子午街拥挤的人群里没有兆路。

一看到金老贲和光子君在泥屋前的影子，劳氏心头就重新充满年轻的欢乐，但金老贲没有走过来。他在看她，没等她走近，他却若有所思地默默把脸转开了。

这天晚上，听着床头畜栏里轻轻的铜铃铛声，劳氏就对金老贲说：

“哼，随他们高兴怎么样吧。”

昨晚，过完八十大寿的金老贲，好像刚刚返回水岸，一扭头就看见了从夜幕中款款走出的劳氏。那无疑是老年人的面容，但他丝毫不觉得，而且马上又像抬不起头了。

几天来的忙乱中，没有人比劳氏更有用。

寿筵前夕，担心拴在窗外的光子君受寒，劳氏就从家里拿来棉被，给光子君搭上。

社区颁行民俗新规，禁止铺张，但总得有个仪式。金老贲本来勉强，给他做寿倒像惹他不高兴，儿孙面前一问三不知。劳氏是经历过的，能出主意，还暗地劝他知趣。对于金家亲戚，她倒比金家后辈还熟悉。在她的操持下，宾客盈门也没让一个人找不到板凳坐。

筵席分设在同幢楼的邻居家里，预订的菜肴由社区酒店做好了送来。祝寿的时刻客人们纷纷走到楼外，聚到寿老儿门前，行礼跪拜。散了筵席，恐寿老儿年高易乏，客人们也便早早告辞，劳氏还亲自参与把最后一批客人送到十字街口。

等这位好邻居回到自家坐下，金老贲与光子君已缓缓行进在了暮色苍茫的野地里。白天，她家客厅自然也是待客之处，但她不想收拾，也一直没开灯。其实在黑暗里她什么也没做。

站在金老贲面前，劳氏是个镇定自若的老妇，但身板硬朗，腿脚也还结实，像年轻人一样胸怀似火。

事实证明，头一次躺在金老赍的床上，劳氏也比金老赍更有用。他们相互紧握对方的一只手入睡，醒来后也还在握着。

可以说，这是很多年来他们各自睡得最好的一觉。

泥屋里马草和骡粪的气息，闻起来那么温暖。劳氏感到了金老赍那只手的温和与放松。终归老了，身上因为几天的劳累引起的酸痛仍未消尽，但并不影响她静静回味熟睡前金老赍对自己全身的抚摸。那时候，他的手急切贪婪，而又不失温存。

泥屋外冰冻的河面，也没能把河水清冽的气息完全封住。这就像从劳氏的迷醉中透出的理智之光，使她决定把一句压在心底的话说出来。

听着畜栏里的光子君轻轻摇响了报君知，劳氏刻不容缓似的说：

“你呀，明知道我家养的叫驴。”

在她侧身之前，金老赍已经及时合上了眼皮，好像还在睡着。但此言一出，金老赍就立马把眼睁开了。

当年，玉子怀驹才显形，就有不少人故意跟他开玩笑，让他觉得有些窝囊。即便现在，子午街一些知情的老人闲聊时，还会把那件事当笑话来讲：

葛老东、金老赍一起在野地做大把式，他们养的畜类，不用主人操心，可就自己个儿配了对，结果生了头大黑骡子！

怪谁呢？在金老赍看来，葛老东眼里分明暗含了得意。

死去多年的张老普不说过吗？轩子能当马。可轩子再能当马，也还是一头驴。

金老赍从鱼山买来的玉子，那才是一匹真的好马！金老赍看它就像看心爱的婆娘。金老赍看它会害羞，但它被一头驴给配了种。

劳氏的那话，葛老东也说过。对此，金老赉耿耿于怀了多年。而如今，在水岸的这个早上，金老赉听起来，感觉大不一样了。

躺在身边的那个婆娘，是金老赉几乎一辈子没能认真看过的劳氏！

金老赉活了八十岁，到了这一天，才用眼睛把劳氏真真切切看了个够。

这婆娘还是那个样儿，跟黑夜里他的手大胆摸到的，不差分毫。那时候，他的手也能“看”出来她身子那样白。

在他掌下，“玉子”奔腾。

快一辈子啦，冬天的雪、天上的白云、棉花、水花，甚至一张白纸，都会让金老赉想到玉子。想到玉子，金老赉的世界就好像没有了夜的黑。

他们一起从床上下来，就是恩爱已久的老夫妻了。显然劳氏照顾金老赉要多一些。金老赉看她的眼睛，已经不亚于生龙活虎的年纪，也一刻没从她身上离开。

金老赉是要对劳氏好好看看了，再不看，就像没机会了。实际上，摊在两人面前的来日，实在太短。

像光子君。活着的每一天，都是天地仁慈。

在水岸能让金老赉和劳氏分开的，也只有光子君了，但顶多相隔光子君的身体。这边一个拿一把磨得晶亮的铁制小梳篦，给光子君刷皮毛。那边一个就用手掌在光子君身上按按、揉揉。你看我，我看你，不时地，两只手就又牵在了一起。

在人们的记忆中，光子君的皮毛从来都是干净的。

早说过，金老贲把光子君当马养。吃马草还罢，炎热的夏季，金老贲每天都会给光子君洗澡，要么汲来井水，要么直接来水岸。

两个老人一同清理了骡槽，又一同弄来干土、草木灰，给光子君垫圈。他们做一切该做的事情，慢悠悠地，不急不躁地。

人老动作慢，想快也快不了，那就做到什么时候，算什么时候。一切都像顺手在做，什么也不用多想。

闲了，一同坐在泥屋前晒暖阳，当然不能把光子君独自留在屋里。哪个人被冬日的阳光照射着都是一种享受。时光显得格外悠长，两人尽可以放心地打个盹，不怕睡过去。

劳氏身上一激灵，随之抬起眼皮，目光逾过冰封的河面，落到对岸，疑心地看了一阵，也没发现什么。金老贲也醒了，在静静看她。她下意识地把目光转向了一旁的光子君。

多好的一头牲口呀，谁见了不赞呢？

劳氏却不由得叹了口气。

“苦生灵。”她的声音很小。她很想告诉金老贲，当年知道玉子怀驹，自己颇觉怅然。其实她从来没像葛老东那样得意过。

金老贲偏偏听到了，温柔的目光里含着对她的问询。

“这是什么命啊！”劳氏声音大了一些。

一切在大地上劳作不休的生灵，什么命呢？金老贲惯于举鞭的右臂，禁不住瑟瑟抖，又像举起昔日的桑秆长鞭，却怎么也不舍得朝奔腾的光子君打下来。

此刻的劳氏，宛如沉浸了在无限哀怜之中。“就不该生。”她又叹一声，声音又低下去。

金老贲不敢看她了，她会更白，白得人间绝无仅有，会像气泡消失。金老贲就去看河面上的冰，只觉魂儿一荡，就像置身在了冰层下面，阳光也是透过厚厚的冰层照下来的，有了铁的重量。但他竭力稳住了心神，勉强笑道：

“瞧你说的，那你为什么还生？”

金老贲佯作很轻松地睐起眼睛来，脸上的神情认真而又调皮。

“你怕忘了自己生了几个。兆路、万全、千贵、大梅子、小兰子，五个哩。不是老东心怯，主动结了扎，你还会生下去，生个没完，子午街一栋楼不够你家住的。大古马可没人说你命不好。”

金老贲所言极是。劳氏身后，那可是红火火烈轰轰一大家子人，数下来几十口子。看她一时好像无言，她却这样幽幽地说：

“不生怎叫‘生灵’？”

夜里睡觉的时候，金老贲把劳氏搂过来：

“我从此叫你‘玉子’吧。要不，叫我‘轩子’。”

未等劳氏作声，金老贲就抻抻脖项，接着说：

“我想过了，明天上午你在水岸照看，我去镇上找方民政，先问他能不能把那张证给办了。我要与你好好做一场名正言顺的半路夫妻，不管是做十年八年，还是做十天半月。你既行得出，我金老贲不做缩脖子王八，再老也是男人。”

方民政常常下乡走动，还曾当过大古马的包村干部，村子里大人小孩都认得他。

停了一会儿，劳氏就把头往他怀里拱一拱。

“老轩子，勾人心的老轩子。”劳氏说。

“玉子，玉子。”金老贲喃喃地说，“老玉子，小玉子，我可人疼的好性儿小玉子。”

晚上说到方民政，第二天上午方民政就来了水岸。

要去办终身大事，总得穿得像个样子。

劳氏正帮金老贲换干净衣裳，就听院子里响起了嘹亮的彩声：

“好马！”

金老贲出门看见方民政推着辆自行车走上前来。方民政当然知道怎么哄金老贲高兴。那张苍老皱缩的面孔，眼见得舒展了不少。

“老骡子。”金老贲本来不用多说的，就像方民政是在夸他，又补一句，“老啦，不中用啦。”

方民政给金老贲和劳氏带来一盒上好的安徽红茶、两包本地老字号点心。他早看见了有些害羞的劳氏，不动声色地点点头，算作招呼，从车把上取下礼物，有意往她手中递过去。她摇手不接。金老贲在旁说他太客气，他就诚恳地说：“大年下的，怎么好意思空手见长辈？”金老贲跟劳氏对视一眼，劳氏也就接了，并请他进屋，而他显然要让这次会见自然、随意，放好自行车就转头又去夸光子君。

“谁见到光子，谁有眼福。”

他像个懂行的牙子一样，围着光子君转，看头，看尾。毛色、臀肚、蹄腿、脖肋，都看。光子君左胯部有个“泉子”，他张开手去量。骡子胯部的“泉子”越长越好，是忠厚仁义肯出力的象征，他一大拃量不到头。

“老贲叔对光子好，可没说的。”他又夸，瞥一眼劳氏，“对人也错不了。”

“有什么好嘛。”金老贲反觉不好意思起来，“它活这几十年，没发过病。能干，吃得又少，比马好养。才三岁口就拉边套了，四岁口驾辕。你再看它熬下去了多少牲口？骡子泼实命长，就是脾气有点犟。老喽，犟不动了。”

方民政往院中的板凳上重重一坐，向两个老人招手：

“老贲叔、劳婶子也都坐下，听我从头说来。”

老人们马上就有了预感。金老贲皮糙面黄，看不出什么，那劳氏两颊却早飞起了动人的桃花。

“我是专来跟老贲叔、劳婶子道喜的。”方民政朗声笑道，“老人相好，枯木逢春，夕阳红，夕阳更美，在这个年代，哪会有人看不过去？把二老分开，才叫不仁。我就直说吧，这一趟，是兆路去镇上请我来的。之前兆路也跟老贲叔家的人商量过了，都不反对！二老再不用多心，当我做了媒。等个好日子，我来现场给你们办理结婚登记。不过，我早说下，你俩好，那就合法！安心了吧？”

金老贲不由得咧咧嘴，像笑，但没声。劳氏格外矜持地站起来，到底还是没在方民政跟前站住，脚下挪动着，躲去了屋里。

方民政见状，也便告辞。“兆路不知道该怎么当面给你们提起这事，我等于把话传到了。”他又特意叮嘱，“以后小辈儿们来看你们，他们若不说，你们不问就罢了。喊爹、妈，喊大爷、大娘，你们老两口只管答应着。”

水岸又只剩下了金老贲和劳氏。

好日子还得等多久？初八过去才三天，出正月还得再过十九天。非得春暖花开才算好日子？

天晴得这么好，满世界除了大地，都是响蓝。高旷的天空，能把人的目光送到天外。阳光也比昨日暖和，吹过水岸的微风，隐隐透出了春意。

金老赉在对劳氏看，看了好一会儿。

“老脑筋啦！”金老赉慨叹一声。

“是哩。”劳氏神会。

不是因为老脑筋，好日子不早就降临了吗？还会等到生命的余火将熄？而在方民政来水岸之前，两人嘴上不说，终究掩不住心底的忐忑。

“怎么就老了呢？”

金老赉又说，那却几乎是快乐的，声调里寻不出一丝忧伤。

“可不，做梦的工夫。”劳氏附和。

“真想再骑上大白马。”

金老赉脸上浑然有了向往之色。

“瞧你这身老骨头。”

“套上车，我要再去野地跑一圈。”金老赉说，“大马路多宽啊。信不信，我要一口气跑到兖州去！”

光子君扭头看他，眼神幽幽，好似在发出召唤。不知不觉，他的腰板儿直起来了。他慢慢站了起来，走向光子君。

那苦生灵拉着车，活龙一样向前蹿去，无边的野地随之展开。一路上，报君知的声音飞入云霄，男人们在歌唱似的随声吆喝……当年，这样的场景为劳氏所熟稔，每一次都是她扶着门框所看到的。那时候，她心头柔软，脚下也像软软的。

大把式们去野地飞奔，但更是为了给全家带来足够的口粮。

靠着这苦生灵，这情投意合的俩男人把各自的儿女养大成人，并帮助他们成家立业。

劳氏又觉得脚下软了。她也慢慢向光子君走去。

金老赍握了她的手，而他的手心竟滚烫。

就这样，两人牵了手，他另一只手牵了光子君，在水岸慢慢来回走动起来。走几步，歇一歇。

“嘚儿，喔。”金老赍对光子君说，“别偷懒。”

走着走着，劳氏突然捂住了嘴。

“啧！这是干啥？”金老赍责怪她，“叫人看见笑话。”

“又没有人。”劳氏说，“有人也不怕。我哭光子，不丢人。光子死了，我再痛痛快快哭一场。我也哭自己，怎么就活老了？”

“说这话不吉利。”金老赍说。

“有啥不吉利？谁能不死？”劳氏擦一把脸，也对光子君说，“别偷懒，能多活两天就多活两天。别怕，我和老赍给你送终。你不死，都不死。你多活两天，我高兴。”

“这话有理。”金老赍颔首笑道，“吆，吆吆。”

金老赍弯下脖子，把嘴附到她耳朵边儿上说了句什么，她就举拳头要打他。

才过了两天，劳氏就对金老赍说：“老轩子，我去趟子午街吧。”金老赍知道她在水岸坐不住了，但他说：“不去。”

“还敞着门呢。”

“值钱的东西不都在你包袱里吗？”他说，“后天就十五了，过十五他们才该来。哼，不来就不来。”

没等来兆路他们，倒等来了几个闲人。他们佯装从水岸路过，并不走到泥屋前，远远站着看光子君，有意叫上一两声“好马”。

金老赉不但不生气，如果他们走过来，他还会说句“老骡子，不中用啦”。

从什么时候起，跟过往的岁月不一样了？

照顾光子君之余，金老赉去收拾光子君用过的那些东西。从远处看，不知他在干什么——即便在近处，也不一定认得出来。

光子君拉过的那架地排车，不记得哪年弃的。

弃了的，多了去。耕地的犁铧、播种的耩子、浇园的水车、磨面的石磨、汲水的辘轳，都成了百无一用的老古董。金老赉收藏的撇绳、鞭子、骡马套、夹板套、笼嘴、捂眼之类，不过是些小物件。两间泥屋，放不下更多。

金老赉细细摆弄这些东西，就像还有用处似的。

“你说什么‘好’？”劳氏问他。

“没说什么呀。”他说。

“你说‘倒好’。”

金老赉刚说的话就忘记了。这些役使的工具用不上，不好吗？野地上的奔驰，那可是使了苦力的。世上不光是平坦顺畅的大道，不光是风和日丽的天气。下雨天车轮陷入深深的泥泞，一人一牲口的力，有时就不够使，也正见出葛、金二人结伴而行的好处。他们只是偶尔分头出车，才有了葛老东暴风雨中连驴带车掉进万福河的遭遇。

“嘚儿，喔。”

像要掩饰自己的健忘，金老赉吆喝了一声。眼睛也像又看见了疾驰如风的光子君，透出了喜悦的闪光。

“这小骡驹，欢实着哩。”

“眼里就只有光子。”劳氏说着，像埋怨。

她在打谱给金老贲纳双新布鞋。多幸，这双老眼还不怎么昏花。过去她从没想到给金老贲做鞋。算起来，十几年没做大人鞋了。买来的机制鞋结实耐穿，连牛鼻子鞋都能买到。她要先给金老贲做双圆口单鞋，天气转暖就能穿。

年轻时的劳氏，可是大古马有名的巧手婆娘，扎朵额花也比金老贲的婆娘扎得好看。葛金第一次出车，金老贲婆娘扎的那额花，叫什么呀！

金老贲八十大寿，光子君头上的绒线额花，才叫灿烂！若不是她有心积存下来一些上好的绒线，想找，哪儿找去？

劳氏的眼里也像金老贲一样喜悦了。

到这个年纪还能拿得起针线，终于又要派上用场。自穿且不说，怎么着也得给金老贲缝件夹袄，做件单布衫。

看他身上是件深黑羽绒服，等她做了棉袄，他爱穿不穿的，是她的情意。做件肚兜，不绣艾虎克毒，就绣刘海戏金蟾，反正穿在里面，他穿也得穿，不穿逼他穿。

天上响起了无人机的嗡嗡声，劳氏只抬头看了一眼。

水岸西曾是大古马世代耕种的土地，现已归属塔镇五合智慧种植园，成了金乡县现代农业生产的样板。

才活六十五的短命鬼葛老东，肯定想不到自己驰骋过的大地上会发生如此之巨变，种庄稼用上了飞机。

劳氏轻叹，摇头，却听金老贲也叹了一声。莫非两个人想到了一块儿？

“老赍。”劳氏叫他，“老轩子。”

金老赍没反应。

“来不来的吧。”劳氏说。她在想兆路他们还没来。

河对岸似乎发生了骚动，同时，天上那架无人机开始摇摇晃晃地滑落。

金老赍和劳氏抻长了脖子，朝对岸看了好一阵，只看到有人在狂奔。天上的嗡嗡声消失了，又有一些人加入了跑来跑去的行列。

“跑得够快的。”

金老赍不由赞得道。

“这帮走将。”劳氏不以为然，“去当大把式啊。”

金老赍终于看出来是一群人在追打，领头的像是兆路，就说：“那不是兆路吗？”劳氏也留神，果真感觉像是兆路。

光子君不安地摇动一下脖项。

金老赍要站，但没站起，劳氏猛地站起来了。

那个被追打的人无路可逃，一转头，张开双臂，纵身跃入河中，不及站稳，就打着滑往泥屋这边跑来。空气里似乎传出了寒冰的坼裂声。

兆路他们站在岸上，眼睁睁看那人越过更加危险的河心。突然，他们好像受惊的鸭群，也纷纷拥下河岸。

河道里的咔叭声顿时响作一片，头顶的天空也在像玻璃一样砉然碎裂。被追打的人扑倒在岸边，手脚并用，向着泥屋连滚带爬。

无人机不知从哪里冒了出来，突然落在劳氏面前。

劳氏颓然坐下。兆路他们也气喘吁吁地随后赶到，只听她反复嘟囔着“你们这些走将”，看也不看他们一眼，兀自起身去了屋里。

被追打的人土头土脑，脖子上竟挂着一台照相机！“好马呀！”惊魂未定，还不忘对着光子君按下快门，一边为自己辩解，“我只是要拍‘马’，没想打搅老人家。”

不光是泥瓦匠，这些日子在水岸泥屋附近徘徊的，还有葛、金两家的其他子弟。尽管方民政已受托传话，他们也依旧没能从容走到泥屋跟前。今天无疑是距离泥屋最近的一次，也就让他们撞上了这个来自东北冰雪之地的摄影家。

原来他从家乡启程，像个流浪汉，徒步向南，边走边拍，整整走了五个月。他在对岸垒起仅可容身的地堡，这样偷拍光子君，已经好几天了，算起来正是从金老赍做寿那天起。在子午街，他目睹了那场被人口口相传的寿筵。

面对金老赍，兆路他们当然不敢放肆。怎样处置偷拍者，也只能听任金老赍。

“拍就拍吧。”出乎意料，金老赍若无其事，还说，“不过是头老骡子。”

看得出兆路他们跟摄影家一起，全都嘘了口气。

随后，又见两个家庭的其他成员，在从不同方向朝泥屋走来。他们各自携带着干草和新的食物。

元宵节金老赍和劳氏都没离开水岸。说好了不去子午街，兆路他们也不用晚上到水岸来，自去镇上观灯就是。

泥屋门上挂两盏灯，再煮上两碗芝麻馅的元宵，节日就算过了。临睡前劳氏却向金老赍埋怨兆路，说儿孙里面数他年岁大，还这么冒撞。金老赍知她在提兆路他们追打摄影家的事，就说：“谁心里会老呢？人活多大，心里也有个孩子。”接着又说起对岸的东北人，万家过节，他独在野地睡地堡。

金老贲说要把草料盆从屋檐下拿进来，就披衣出了门。对岸黑灯瞎火，悄无声息。回到屋里，他忙钻进被窝，对劳氏说：

“方民政也快来了吧。”

金老贲有了一个让他全身热腾腾的想法。那个摄影家，不就是老天送来的一份贺礼？他一定会拍出这块土地上最令人满意的结婚照。

好日子接踵而至。在他把摄影家从对岸招来拍下结婚照的第三天，方民政没有食言，带着助手来了水岸。

摄影家去镇上洗出来的，不仅有结婚照，另有各自的单人照，有光子君的，以及老两口跟光子君的合照。果不其然，老两口那叫光彩，而佩上大额花，照片上的光子君极像了新郎官！

方民政竟与摄影家一见如故，走过了登记程序，只管无话不谈。

从他们的谈话中，金老贲得知这摄影家长途跋涉、风餐露宿，就是为了寻找古老大地上那些即将消失的事物，并用镜头把它们真实地记录下来。

“我懂。”旁听者嘟囔一句，心头莫名其妙地有些郁闷。

他们仿佛聋了，但他们听到河里的冰层突然发出一声脆响。方民政背了手走去看看，然后回头高声告诉水岸上的人：

“开化了！”

从这天起，摄影家获了特许一样，不再隔河遥拍，也基本不再借助无人机。

在水岸，他有能力把自己变成透明的影子，让那对不寻常的老夫妇视若无睹，不受影响。

来看光子君的人，陆陆续续，每天都会有一些。对摄影家的好奇，已经压倒了对光子君的兴趣。

直到有一天，有人拜访他的地堡，无意间撞上他蜷缩在没水没电的地堡中低声抽泣，极像冻饿，又像因为羁旅他乡，才认定他是一个当代怪人。

很快，这事就被告诉给了老夫妇。

“我懂。”金老赍嘴上自顾自地说，让劳氏听来也觉没头没脑。他曾不止一次突然对着空气幽幽说出这两个字，而且还时常独自出神。

只有老夫妇和光子君的时候，金老赍受到了劳氏的盘问。

“你有心病。”劳氏断定。

他不承认。半夜里醒来，报君知的声音静息，槽头的光子君也在安眠。他摇醒劳氏，不管她是不是真的醒了过来，对她耳语道：

“我想玉子了。”

泥屋里极静。

“我想哭一场。”金老赍又说。

玉子死前，瘦得皮裹马骨。玉子染了瘦虫病，百般医治也没能救过来。死后更可怜——埋在了金老赍家的麦田，隔两天去看，墓坑空着，马尸不翼而飞。

苍天作悲，这么瘦的马尸竟还被世人惦记。

一声呜咽像水泡，从夜色深处飘摇上来，好像光子君在哭。金老赍伸手从劳氏脸上摸了满掌潮湿。劳氏把他的手按住。

“你把心病都说出来。”她哀伤地劝慰他，“说出来就治好了。”

金老贲又沉默了。他忽觉头脑昏沉，心里却长长地慨叹一声：“天，真是老了呀。”浑不知睡了过去。

睡梦中，分不清躺在身边的是劳氏还是玉子。

劳氏被阳光叫醒的时候金老贲不在屋内。她睁眼看到光子君“长”出了白玉似的耳朵，因为正巧有一道雪亮的阳光照在了它的头上。

好像受到了这灼人的亮色激励，劳氏心头无一丝阴霾。她不慌不忙地起床穿衣，既不为晏起而生愧意，也不担心金老贲去了哪里，就像一只刚刚破茧而出的蝴蝶，翩然飞入晨光。

在金老贲回来之前，劳氏做好了早饭，喂了光子君，并打扫干净了畜栏。依照惯例，这样的天气，等到九点以后，才更适宜把光子君牵到户外。

屋内静谧，劳氏端坐在门后的灶台旁，默默注视着光子君，心中一动，起身走到它的跟前。衰老体弱的光子君异常乖顺安静。劳氏被自己的话吓了一跳。

“我是玉子。”她说。

光子君动动蹄子，眼里发出了星状的闪光，那无疑是听懂了她的话。“我懂。”它像金老贲一样在说。

紧接着，老婆娘几乎是猛扑在了光子君身上，竟将那厚重的身躯冲击得往后一趔趄。

铜铃声乍起，老婆娘胸脯胀鼓鼓的，热脸紧贴光子君的脖颈，只觉领口下面奶香漫卷。

一股力不知从何而来，既让她心碎，也让她陡然成了一位年轻母亲，庞大无涯，完全可把光子君像个婴孩一样，轻轻拥入浑圆的怀抱。

屋外一声呵斥，打断了劳氏与光子君移情共处的美妙过程。劳氏赶忙镇定下来，离开畜栏走到门口。那个摄影家正在屋外惊慌躲避。

整个水岸，摄影家唯一的禁地就是这两间泥屋，今天第一次把镜头探到屋内，就被刚从野外归来的金老赍撞着了。

此刻，那个不定期来水岸给光子君送干草的泥瓦匠，也正在骑车走近。

摄影家脸上愧色如霜。如果他能就此走掉，事情定会是另一种结局，但他觉得有必要做出交代，特别是在第三者在场的情况下。

“我只是要拍‘马’……”

“走！你他娘的走！”金老赍凶悍的样子，让劳氏母子也惊住了。那老迈的身躯，像根光秃秃的高粱秆，在水岸摇摇欲折，瘦干脸上一片青紫，黄白稀疏的胡须，也要被突然灼热起来的阳光烧焦了，左颊的麻子坑里，风箭嗖嗖四射。

“‘马’，‘马’……”他说不出话来。也许累坏了，他一大早出门，寻找玉子的坟墓未果。那是一片广大的智慧田野，已无从找到任何往昔的标记。

一只骨节嶙峋的手，抖索枯叶，朝着远方的道路，抬了几次也没抬起来，却听他一字一字地说道：

“就是骡子。”

正月底水岸上光子君的盛大婚礼，闻所未闻，但至少半年内，作为最重要的客人，方民政都有个不小的遗憾，那就是摄影家的缺席。

其实围观者居多。光子君这回披挂了红绸，人们窃窃私语：“能生吗？”不免被金老赉听入耳中。

“你们知道什么？”金老赉心里说。是夜，他和劳氏上床格外早。

没谁知道他们双双携手奔赴到了姹紫嫣红的大野地。

报君知声音悠扬，眼前蹿动着无尽的活龙般的影子……哦，生灵！天地翕张，金老赉确乎连本尊也分不清是哪个了，既健步如飞，又茂盛肥沃。

育珠记

说来话长。蚕豆出生那晚，他爹一早去塔镇卖煮蚕豆没回来。卖光两罐煮蚕豆用不了这么长工夫，通常过午就能到家。鬼子刚走，年月还算清平。他没回来，家人很着急，但不怎么担心。

从万先生家传出如水的古琴声，一点一滴，给蚕豆家人的心带来了安抚。万先生是方圆十里有名的读书人，身边无儿无女，只一个半瞎老妻，同住两间茅庐。万先生每日只做两件事：弹琴、看书。别的事不会做。他不用种地，因为地无半垄。

弹琴、看书也能过活，见过万先生的都信。他家烟囱很少冒烟。偶尔地东家一瓢西家半碗，老两口就这样过了许多年，人是瘦些，但精神尚好。清幽的古琴声里，他老妻从来都不是忍饥挨饿的样子。饿的人远远近近听了，也像不饿了。

古琴声迎来了曙光，但一声惊恐的尖叫也惊醒了人们的残梦。早起的人在村头的路边发现了死去的蚕豆爹。现场惨不忍睹。瓦罐被打破，折断的扁担丢在田沟。

万先生也去看了，极度不适，但他竭力克制住了，发出一声喟叹：

“好人哪！”

蚕豆爹每次去镇上路过他家门口，都会取出几粒煮蚕豆放进他面前的盘子里。听到古琴声，就独立街头听一会儿，不论是在下雪，还是下雨。蚕豆爹不识《墨子悲丝》，抑或《鸥鹭忘机》，但觉好听。

蚕豆爹亲自煮的蚕豆，食过的也都说好。每天蚕豆爹要煮两大罐，两大罐都能卖光。村里人知道，镇上有一张张口在等他的煮蚕豆下酒。蚕豆煮出沙来，这个容易。不容易的是每粒沙都入味，能让舌头把每粒沙分辨出来。镇上的人专给起名

"蚕豆沙"，说他有祖传"蚕豆沙"绝技。

万先生自此食不上蚕豆爹煮的蚕豆了，但总也忘不了蚕豆爹，见到蚕豆就会想起蚕豆爹，想起蚕豆爹就会发出喟叹：

"好人哪！"

蚕豆生来与人不同，脸上有凶煞气。难怪。

蚕豆一出生就摊上了杀父之仇。

蚕豆爹白死了，民国警局认定死于流窜的逃兵。

他还没长大，天就变了，穷困的万先生也有了土地。

有了土地就不能光顾着弹琴、看书。有了土地得操心收成。毕竟年纪老大，有时操心不过来，但会有人帮着。

很快，土地又被收回去，他就在生产队做些杂事。不知不觉，已经习惯了很少弹琴、看书的日子，但见了蚕豆还是会叹。

蚕豆爹在人们的记忆中逐渐淡薄，那声喟叹就像是对蚕豆的赞美。

读书人万先生像在说蚕豆是好人。

蚕豆从小模样就凶，不凶不是蚕豆。

蚕豆不食煮蚕豆。他爹死在煮蚕豆上，他爹不去卖煮蚕豆就可以活很久。

他娘在他八九岁的时候也没了。本来新社会移风易俗，他娘得了很多关心，改嫁不再是丑事。他八九岁了，他娘才想开。"就丢回人吧。"他娘说。

在好心人的撮合下，鸡公山里有个男人要娶她。

鸡公山男人来村里了，人们都当他是贵客，认为很般配。要不要入赘在蚕豆家，随他的意愿，却一寻再寻寻不着蚕豆。

蚕豆去田里打猪草了。等他背了满满一筐猪草回来，鸡公山男人正要离开。蚕豆低着头，猪草纷披在他的头顶。陪客的人让他叫叔，还说他生来腼腆。他不作声就会显得不知礼，最后只是朝鸡公山男人抬了抬头。

鸡公山男人一去不回。怎么不回了，蚕豆娘不让人去问。

两个月后，蚕豆娘暴病身亡。塔镇卫生院的大夫说她干活回来喝生水、食剩饭，勾起了陈年病根。

土里刨食儿的人哪个不常常喝生水、食剩饭？人死了，疑问再不能得到解答。

蚕豆娘也是好人，临死前还给蚕豆煮了半碗蚕豆。明知蚕豆不食煮蚕豆，她还要煮。

“蚕豆沙”的独门绝技，想来就此绝对失传了。

蚕豆在世上就只是孤零零的一个人。好在蚕豆小小年纪什么活都做得来。万先生时常去陪他。有一次动了心思，要教他弹琴。先看他的手，拿起放下了几次，还是无奈地将头摇一摇。

蚕豆手指粗短；因为从小做活，又硬。

万先生弹琴少了，手也硬了。那张古琴，岁岁年年，几乎被他束之高阁。没断过的，就是读书，每天都会看几句，不拘什么书。

携了书本子，来给蚕豆讲书，“四书五经”不时兴讲了，就是讲那本翻烂的、没皮的《封神演义》，蚕豆的两只蚕豆眼，也动都不动。

蚕豆坐过课堂，实在学不进去才停了学。

蚕豆自有天地。两头犟牛拼死打架，他往中间一站，两头犟牛就分开了。路上冲来一条恶狗，他一抬头，恶狗逃去了。

在家的时候少，在野外的时候多。

他还没长大，还没学会跟人相处。他从不称呼人们叔叔大爷，连对他格外好的万先生也不称呼，见谁顶多只是嗯一声。

没爹没娘的孩子，从没人怪他。

在意想不到的地方，人会突然撞见他一个人坐着，看着一只蚂蚁、一只蚂蚱、一只蜻蜓出神。从他的衣兜，还会突然响起一声蛤蟆叫。

他不大理人得到了解释——他跟田野里的虫子交上了朋友，跟蜥蜴、刺猬、沙獾等小动物相处得也不错。干旱的池塘里，面临断水的蝌蚪得到过他的拯救。鸟儿也会盘旋在他的头上。他一个人的家里，居住了成群的麻雀和一窝老鸹。人要告诉他老鸹蛋从窝里掉下来了，他撒腿就往家跑，好像跑到家里还能把鸟蛋接住似的。

他终会成为一个好人，跟他爹一样。

谁不信呢？

虽不能断定蚕豆的杀父仇人果真是个逃兵，但可肯定是在人群中。相对于人群，田野里的万物，更值得蚕豆信赖。尽管他一直受到人们怜惜，有时却也免不了被一些调皮鬼捉弄。

很多人都忘不了他被村里的瘸六骗食煮蚕豆的情景。

说起瘸六，没人不头疼，却没人不喜欢他，因他总能带给人们欢笑。他腿脚不便，一点不妨碍他模仿任何人，而且惟妙惟肖，比如电影上的人物、生活中的人物。蚕豆跟动物亲香，都学不来各种鸟叫、蛐蛐叫、蛤蟆叫、牲口叫，瘸六却都会。跟瘸六相比，蚕豆基本上是个沉默的木疙瘩。

“你为什么不食煮蚕豆呢？”瘸六问他。

蚕豆不食煮蚕豆，可是由来已久。

“蚕豆怎么会食煮蚕豆？”人们说，并感到瘸六问题可笑。

“不。”癞六一本正经，“我认为你不食煮蚕豆，是因为你觉得蚕豆像颗牛蛋。”

闭目一想，还真像。

生牛蛋不能食。熟牛蛋臊气，食起来还是美的。癞六这比方不怎么靠谱，但人们隐隐感到了癞六的诡计。他总会出其不意让人大笑一场。

“这不是生牛蛋，你食不食？”

变戏法儿似的，癞六掏出一块点心。搭眼一看，也只能说像块点心，看颜色像是本地传统蜜食红三刀，上面倒是粘了三两颗白芝麻。

人们觉得癞六的恶作剧肯定落空。原因，一是红三刀在那个时代还是稀罕物儿，人们也就是逢年过节才能有幸尝上一口。他怎么会有红三刀？一是，蚕豆早过了会随便食人东西的年纪。

癞六将点心擎在手里，好像丝毫不担心蚕豆会拒绝。

蚕豆慢慢朝他抬起一对蚕豆眼，他神色没有改变。要知道蚕豆可是个能将疯牛、恶狗吓跑的人。蚕豆像是在判断他手里的点心能不能食。如果能食，他就真的食了。如果不能食，分明也要食。

他果真食了，接过点心捂进了嘴里。

癞六脸上掠过一丝诡异的笑容。

他草草一嚼，鼓起喉咙，就要一口咽下。他甚至朝着癞六挤了挤眼睛，以此表达自己最大的善意。但紧接着，他号叫一声，将点心噗地吐到了地上。

那一小团嚼烂的点心里，露出了灰白的蚕豆沙。他跑到墙根底下，腰弯到地上，继续痛苦地呕吐。

癞六失算了，不光他没笑出来，在场的人也都没笑出来。

蚕豆不呕了，站在那里，脸儿焦黄。

“蚕豆，你像食了个生牛蛋。”瘸六说。

人们点头。蚕豆却讷讷地说：

“蚕豆像颗心。”

蚕豆是个好人。人不食心。

那些年，陪伴蚕豆最多的是万先生。在蚕豆家，万先生像是蚕豆的爷爷，跟别人的爷爷一样。从矮墙上看到他在院子里走动，不会让人想到他是一位先生。他已像是任何一位老农，不会弹琴，不会读书，也未曾弱不禁风。他比过去任何时候都要硬朗，陪伴蚕豆长大成人好像成了他作为一位老人的命运。

实际上，人们喜欢万先生甚于喜欢瘸六。万先生会讲故事。离了书本子万先生也能讲。上下五千年，天上人间，没有他不知道的。

万先生的话，人们都信。万先生说蚕豆心善，连只蚂蚁都不踩。有心人暗中看了，是这样。万先生说蚕豆让人，人们想想，可不就这样？瘸六给他食东西，他看不破瘸六安的什么心？他真傻？但他食了。他长得闷，但万先生说他前生是被文殊菩萨点化过的善财童子。万先生言之凿凿，书上写着呢。哪本书？道是《华严经》。

善财是个孤儿，蚕豆也是孤儿。善财前世聪明活泼；蚕豆的心眼，可都藏在肚子里呢。善财只看人好，蚕豆对人也不挑剔。

卖油郎的油梆子让调皮鬼藏了，卖油郎在村街上急得跳脚，直说村子不仁义。村里人不敢担这恶名，忙着帮他找。

他才去墙后边小解的工夫，油梆子就没了。油梆子不能食喝，藏他的油梆子干啥？都疑到瘸六身上。

瘸六指天画地地发誓，见蚕豆走了过来，就指认是蚕豆藏的。卖油郎看一眼蚕豆，先胆怵了。瘸六在一旁不怀好意地笑。

情急之中，卖油郎壮壮胆就要去拉蚕豆要油梆子。万先生挡住说：

“别冤枉了好人。”

旁人也都附和：“是啊是啊，蚕豆可不会藏你的梆子。”

卖油郎不知所措起来。

找不到油梆子，就还骂村子不仁义。村里人恼也不管用。倒是瘸六说，去塘边瞧瞧吧。

果然在小水塘找到了油梆子，水上漂着呢，漾了满塘银蓝的油花。

找到了油梆子，恨得卖油郎说此生再不来他们村了。

那些年，蚕豆受冤枉的时候多了，有时候是因为瘸六，更多的时候是因为别人。生产队丢了东西，坏了东西，都会有人说是蚕豆偷了、弄坏了。不记得蚕豆争辩过。只要不说是蚕豆下毒，就不要紧。即便蚕豆真的偷了或弄坏了东西，生产队也不会惩罚他。也许正因为不惩罚他，人们才一味对他栽赃。但每次万先生都会充当判官：

“不是蚕豆做的。”

不知从什么时候起，万先生的话在村里很管用。他不来充当判官人们也不会跟蚕豆过不去；他来充当判官，人们更不会拿蚕豆怎么样了。

蚕豆是好人。

到了后来，其实已不用万先生多说，人们自己就会说出来。

除了万先生，蚕豆跟癞六在一起的时候最多。蚕豆还没长大，癞六顶不上整劳力，生产队就常派他俩干一些轻活。

癞六说话逗乐，但再逗乐的话也不能让蚕豆一笑。

说到这里就清楚了，从小到大，蚕豆脸上就没笑容。一个人出生在亲爹被谋害的夜晚，怎么会有笑容呢？可不就是这个道理。

癞六心里就存了个执念，那就是要把蚕豆逗乐。

“队长，派我和蚕豆去吧。”他会主动要求。

蚕豆牵牛，癞六扶犁，他们在犁大河湾的一小块月牙地。

“公鸡下了一个蛋，是什么蛋？”癞六说。

换了另一个人就笑死了，但蚕豆只一心牵牛。

“公蛋。”癞六只得说。

蚕豆还是只一心牵牛。

牛很乖。蚕豆牵牛牵得好。

癞六出歪主意了。癞六说：“牛累了，不能让生产队的牛累着，也不能让生产队的牛饿着，牛出了力，得让牛食点好东西。不远处玉米田后面有块豆地，你去薅些豆棵来给牛食。”蚕豆想想有道理，就放了牛绳走向玉米田。玉米田只有几垄，他很快穿了过去。

眼前的豆地一片金黄，一个女人慌慌张张地从豆地走开了。蚕豆没多想什么，就从豆地薅了一捆豆棵返回癞六身边。

在月牙地，癞六燃起一堆火，燎熟了豆棵里的毛豆。

癞六食得满嘴黑。

蚕豆没食。

癞六食了，牛也食了，烧黑的豆棵被埋进新翻的土里。之后就听说豆地被偷。先在一个渠底发现了被丢弃的豆荚。寻了踪迹，人们来到豆地。

一大片的豆棵被摘光。

人们都习惯性看蚕豆。蚕豆呶唧了一声，但瘸六飞快地看了他一眼。

“我一直跟蚕豆在一起。”瘸六做证。

蚕豆木着脸，不说话。

怎么会疑蚕豆？又不是不知道，一整天蚕豆都在跟瘸六一起犁那块月牙地。

不是蚕豆和瘸六偷的，那肯定是别人。

再过一两天，豆荚里的豆子就硬实了。

那是多么饱满的豆粒。生产队的牲口出力，草料里需要添加豆粒。人们也早盼着豆子打下来，去公社油厂榨油。饭菜里连点油星儿都找不到了，嘴里寡淡，都忘了油的滋味。食到油，像是上辈子的事了。

夜间，蚕豆躺在床上刚要入睡，万先生就从屋外悄悄走进来。蚕豆天黑从不点灯。万先生摸索着坐在床边上。

“蚕豆，你是个好人。”万先生说，“天明你就说，豆子是你偷的。”

蚕豆直直地望着黑乎乎的屋顶。屋顶像在跟着黑影浮动。

“嗯。”蚕豆作声。

黑暗里，蚕豆脸上好像笑了一下。

从这个秋天起，蚕豆变了。往年他谁家里也不去，万先生来叫他，他也没去过一次。万先生家做了好菜，给他端过来。万先生一辈子没蹲街上端碗食饭。看着他端着空碗在街上走，就知道他给蚕豆送菜回来。

“做好菜了？”

“没啥好菜，炖了个蘑菇茄子。”

前天刚下过雨，后墙根底下一夜间长出了很多蘑菇。

蚕豆第一次来万先生家，是为万先生扫院子。

万先生还住那两间茅庐。从院子前走过的人见了，就说万先生没白疼他。

扫过了院子，又拎水桶去井旁打水。

这时候人们看出来他是很有把子力气的。一桶水在他手里不算什么，来回两趟，万先生家的水缸就给灌满了。

万先生留他食饭，他却低着头，看着地，不响，转身走了。

刚扫过的院子，又被风吹来了一片黄叶。

万先生望着他走远，耳朵里蓦地响起了一阵古琴声。他有了一股冲动，要去把尘封的古琴拿出来，在秋风中给远去的蚕豆抚一曲。

不知不觉，万先生手指尖一挑一勾，也回转了身，到茅庐门口，却只望他老妻。

这年冬天，他老妻去了。

节哀顺变。自他老妻闭眼，他就像糊涂了，谁劝他都像听不到。他口里嘟囔着什么。人们有了预感，以为他也将要去了，忙把蚕豆叫过来，让蚕豆拉他的手，他的眼神才像定了定。他吐了口长气，说了声：

“没想到你奶奶还能活这么久。”

人们受到提醒，一致提出让蚕豆摔老盆。这些年移风易俗，乡间葬礼简省多了，但摔老盆这项不能减。不料万先生看着蚕豆神色大变，就像看的不是蚕豆。

这就让人疑了。再看，蚕豆也还是蚕豆。

蚕豆这几天可伤心了，总躲在墙角低低地哭，眼泡子肿成了桃儿样。可不是，万先生夫妇没白疼他一场。

人们不由得感到了轻松，这一下子就办了两件事。万先生百年后摔老盆的也有了。

等看到万先生端着一碗菜往蚕豆家走，就知道担心是多余的。万先生能活很久，至少活到蚕豆娶妻生子。

万先生去给蚕豆送菜，不见得就能碰上蚕豆在家。蚕豆在家的时候还是很少。水渠跑水了，他堵的。雨水冲倒了庄稼，他扶的。车子拉不动了，他帮着推一把。草筐子背不动了，他帮着背一程。看他从田野里回来，身上总会搭七搭八。

在村里他也闲不住，不光给万先生家扫院子，谁家的院子他都扫。劈柴担水这样的事，随手就给人做了。

两口子对打，他嘴笨不会劝，就只会说“打我，打我”，伸过头让人打，就把两口子逗笑了。再有两口子打架的，就会有人说：“去叫蚕豆！”果然屡试不爽。

拉他喝杯水、食口饭，反倒没门儿。

转过年才过一个春天，他跟瘸六站一起，就高出半个头。他还长了一身的腱子肉，短短的汗褂子包不住了。

“别给我俩派活了，我追不上他。”瘸六跟队长说，“他跑起来像火箭。”

蚕豆一发射出去就没影儿了，有时候三四天在村里和附近见不着他。很快十里八乡的人都知道了他。“别看人长得凶，是好人哩。”对蚕豆的颂扬时不时就传到村中来。他把在村里做的好事又在别的村做一遍。

万先生再不用自己对人说蚕豆是好人。听人夸蚕豆，万先生面露喜色，村里人恍然一悟。多少年了，都是在听万先生口口声声夸蚕豆，自己却不说。这不，外村人把对蚕豆的夸赞传扬过来了，本村人倒落在了后面。人活着，吝啬钱财，好话可不能吝啬。

再看蚕豆从村外走过来，人们脸上就都是一团笑。

万先生不是说过吗？蚕豆前身可是善财童子哩。

“哎呀，哎呀。”人们迎着蚕豆说。

蚕豆走近了。

“哎呀。”

都在直直地看蚕豆，蚕豆就不好意思了。蚕豆拿捏了起来，中脚一绊，不会走路了。可是人们的目光穿过了他的肉身，看到了一个眉清目秀、齿白唇红的菩萨弟子。他走出村子，不过是像善财童子那样四处参访。

“哎呀，蚕豆。”人们说。

“哎呀，蚕豆。”瘸六说。

万先生家的水缸又满了。

蚕豆几天不出村子，人们也会“哎呀”。

“哎呀，蚕豆。”

村子从来都没有像现在这样，一片祥和。谁家的院子都干净，谁家的水缸都是满的，谁家断的绳子都接上了，坏的铁锨都修好了。两口子不打架了，婆媳也不吵嘴了。瘸六都“哎呀”了，瘸六都让人更喜欢了。

瘸六还说：“得报给上级，我们村出了模范人物。”瘸六还对万先生说：“学习蚕豆好榜样，您老得写个稿，投给县广播电台播一下子，蚕豆的名气就传扬出去了，说不定就传到全国去了。”他竟然想到万先生会写字。万先生摆手，笑而不语。

万先生不会写稿的。那不成了王婆卖瓜了吗？但瘸六就是要这么说。他知道万先生心里高兴。

瘸六也高兴，因为这年开春他娶了老婆，是个寡妇，还带了个五岁的儿子。他看老婆样样都好，说话、做活都爽利。

直到年底一场大雪之后，蚕豆在窦堂村外遭袭。怎么会有人打好人？蚕豆走着走着，被人从身后当头一击。他从雪地里醒过来时，路上一个人影儿没有。当时他还不知道自己头上流了血，爬起来就回了村。

“哎呀！”他一下子把村里人吓住了。

蚕豆的爹是怎么死的，人们也还记着。

还好，蚕豆只是被人打出了血。他还能活着走回来。

万先生亲手给蚕豆把血擦干净。瘸六义愤，要报案。蚕豆惹着谁啦？一定要揪出这个隐藏的坏分子。蚕豆听见了，扭过脸来说：“没事，六叔。”

“哎呀，”瘸六说，“头是什么玩意儿呢，能敲吗？”

蚕豆像在回忆被敲的情景。

“就是有点头晕。”他说。

瘸六不知为什么，扑哧笑了。

“哎呀……”

渐渐地，人们就不“哎呀”了，但蚕豆照旧出去。

真让瘸六说准了，两年后蚕豆成了人物。天降大雨，莱河水暴涨，全塔镇男男女女聚集在河堤上，一女知青失足落水，立刻被白浪卷走。人在发愣的工夫，蚕豆跳了下去。水势很大，蚕豆也马上没了影儿。人们不由得想，这丢的是两条命。不料，下游二里多地，蚕豆将女知青拖上了岸。这样，蚕豆就成人物了。不用万先生写稿，自然有人写，写得还好，把蚕豆好一通夸，还上了县里的广播。不光如此，塔镇还要开大会。

开大会那天，像那年他娘要嫁的鸡公山男人上门时，怎么也找不到他。临了，只得让万先生、瘸六替他登台。

蚕豆忽然又不是人物了。蚕豆从此就不远去了。至于原因，这是一个谜。

猜了很久没答案。眼看蚕豆二十多岁了，村里一般大的有结亲的了，瘸六先明白了。瘸六说：“记得那年开大会蚕豆跑掉了吗？”

“怎么不记得？”

“他知道女人了。”鬼精的瘸六说。

人们也都恍然大悟，不由得想象他怀抱昏迷女知青奋战激流的情景。怪不得他不走出村子了，知道害羞了。

蚕豆不是人物了，用不着忌讳。人都是在一个偶然的机会知道女人的，蚕豆也不例外。

没活干，蚕豆就只待在家里。

万先生见人就说，可要想着给蚕豆提个亲。人就回，蚕豆老实可靠，不愁。万先生还说：“我这屋、这屋里的东西都留给他。”万先生一再对人强调，这样好的人哪儿找去？万先生不说蚕豆是善财童子了，善财童子五十三参，最后被度化了去。蚕豆是要过俗世的生活哩。他首先得有一个妻了。

嫁给一个好人，不是女人的福分吗？万先生认为是这样子的。

眨眼又一年，万先生疑惑了。蚕豆好事都白做了，一个来提亲的都没有。

万先生不由得长吁短叹。蚕豆不叹，但肯定心里发愁。蚕豆话更少了，每天只是埋头干活。

腊月的一天，才见癞六不知从哪里领了一对夫妻来蚕豆家相看。

万先生挣着老迈之躯帮忙招待。万先生生怕说漏了蚕豆的好处，可是老夫妻什么也没说就走了。癞六送他们走远才回来告诉万先生，人家嫌穷。蚕豆就一座破屋，啥都没有。

癞六从几年前开始做小本生意，贩过私盐、鱼虾，但凡见利就贩，一年到头没闲着过。他的老婆给他生了两男一女，加上带来的那个，光三个儿子的亲事就够他呛。他贩私棉去了一趟西乡，就遇上了这对夫妻，看到他们有个残疾女儿，蓦地想到了蚕豆。

在万先生跟癞六说话的当口，蚕豆默默起身，往锅里添了瓢水，就拿炊帚刷锅。两人还以为他要为他们烧水，可他俯在锅灶上刷了一遍又一遍，也没点火的意思。

后来的事人们知道了，蚕豆重操父业。蚕豆走村串户收蚕豆，然后回家煮蚕豆。蚕豆煮出来，盛了一碗给万先生送去。

蚕豆起沙，但还没达到粒粒入味的地步。假以时日，是会达到的。

万先生食着蚕豆送来的煮蚕豆，老眼湿了。

“爷爷，别哭。”蚕豆在旁劝慰。

万先生说了句话，听着很别致：

“蚕豆，这是一种笑。”

“哎呀。”

万先生嚼着蚕豆说：

“你万奶奶食不上了。”

“哎呀。”

万先生又哭了。

“你是个好人。”万先生哭着说，“书上写着哩，好人有福报。”

蚕豆的生意不大好，但总归是门生意。蚕豆不用总待在家里了。每天挣个块儿八毛，也比没有强。不能指望发生奇迹，出手就有独门绝技。瘸六做生意使上了自行车；蚕豆还像他爹一样，一根扁担、两个瓦罐、两条腿。

人们猜他会不会食蚕豆，最终认为不会。煮蚕豆要不要自己先尝，卖剩的蚕豆也不能丢了，但还是认为不会。有人偷看过蚕豆煮蚕豆，没人能像他那样聚精会神，打搅了他就是罪过。煮个蚕豆用不着这样的，他却这样。蚕豆卖剩不卖剩，也用不着别人瞎操心。真想操心那就给他弄一个老婆来。

人们看他又是善财童子了。卖蚕豆是假，四处参访是真。

冬天过去了，地里又有了活。蚕豆种两个人的地。万先生不食五保，要地，地让蚕豆种着。地是财富。地是命根。人们都说万先生算计得好。

蚕豆不去卖煮蚕豆就去地里做活。

蚕豆在万先生家的地里翻土，村里一个女人慢慢走过来。他知道女人走到身后了，但他没回头。她家的地不在附近。

“翻地呢？”女人客气地问。

“嗯。”

“种棉花，还是种棒子？”

“种蚕豆。”蚕豆说。

“噢。”女人并不离开。过了一会儿，就说：

“我给你提个亲。”

蚕豆停住了。

“是大民。”

大民是她的女儿。大民一年前嫁到了河东，总是鼻青脸肿地回来。蚕豆知道大民去年冬天离了婚。

蚕豆头晕了。是真的头晕了。他没摔倒就是奇迹。

一回头，身后一个人也没有。他好像又看到一个惊慌走出豆地的女人。

蚕豆当晚来到瘸六家。蚕豆要三媒六证。这事可以交给瘸六办。瘸六一口应承。送蚕豆出门口，瘸六拍拍蚕豆的肩膀。

“对不住了，蚕豆。”瘸六没头没脑地说。

蚕豆竟像是领会了。

大茶小礼，三媒六证，蚕豆把大民娶过来，就是在年底了。大民让蚕豆看了身上的伤痕，蚕豆就知道以前那个恶夫对大民是真打。蚕豆心疼大民，他口拙，就只知不让大民干活。大民自在到了年后，就说：“我来吧。”

大民却是个能干的，更可贵的是不觉蚕豆丑。万先生看在眼里，喜在心头，对瘸六说：

“蚕豆两口子再有个一男半女的，就圆满了。”

他是要活着看到重孙子辈。瘸六回说：

“您老等好吧。”

八月的一天，天气异常炎热，万先生一个人近乎赤裸地走出村去。找到他的时候，他躺卧在大河湾。蚕豆背他回来，帮他把身上弄干净。他忽然问蚕豆是谁，瘸六笑说：“不就是你料理出来的天下第一的好孙子？”他点点头，没有别的表示。坐了一会儿又要往外走。大民送来一碗煮蚕豆，喂了他两颗，他才安静下来。

除了做地里的活，就是来伺候万先生，蚕豆两口子对万先生尽了心。收了秋，万先生就去了。去的那晚认不出蚕豆，一见蚕豆就是一副惊恐的表情。坐他床头上的，反倒是瘸六，一直到闭眼，他拉着瘸六的手也没放。人们都知道他要不好了，就熬夜陪他。他时睡时醒，醒来时像在找人。都不敢问是不是要找蚕豆。看一阵子又要睡去，困得受不了的样子。到了半夜，他喉咙里咯喽一声，众人慌了。睁开眼，看见了瘸六，有话要说的意思，瘸六就将耳朵靠过去。

“我把他装蚕豆里了。”瘸六听他说道。

“把谁装蚕豆里了？”瘸六问。

“他跑不出来了。”他说，“他不能作恶了。”

众人迷惑了。他是在讲封神榜的故事吧？他是把自己当神通广大的姜子牙了。

“恶人囚住了，你就心安吧。”瘸六说。

可是，他的目光猛地直了。他直直地盯着空中的一个地方。

“万先生。”瘸六轻呼。书本、古琴在瘸六脑中一闪，可他不知道这些东西放在了哪里，他也没法确定万先生是在看这些东西。“万先生。”他又轻呼。

万先生头一歪，就去了。

窗外响起蚕豆抑制不住的痛哭。

蚕豆给万先生摔了老盆。虽然万先生临终前害怕看见蚕豆，但他好的时候说过的话人们都还记着，对他留下的两间屋和屋里东西的继承没有疑义。

一亩二分责任田，则是另一回事。万先生下葬才三天，就有人打这份田的主意。

真要收回这份田，蚕豆没辙儿。即便是万先生留下的屋，要收了也就收了。多少年，没见蚕豆跟人争过什么。但现在情况改变，蚕豆娶了大民。

大民说："我来吧。"大民出嫁，村里收回了她的地。她离婚，不可能从前夫家把地带回来。她的名头上其实没有半垄地。

大民煮蚕豆，煮得那个上心。趁着热乎，大民给村里人送蚕豆。不是叔叔婶婶，就是大爷大娘、哥哥嫂嫂。从村委会主任家送起，村委会主任跟她和蚕豆是一个村民小组。然后再给小组长家送。大民分得清。大民不提一亩二分地半个字。

大民说："尝尝，以后就指靠它哩。"

大民说："哎呀，我已经有了。"

都看得出来，蚕豆娶了大民，再不会吃亏。一亩二分地既已无虞，到了十二月，谁食煮蚕豆谁惊，蚕豆沙粒粒入味！莫不是蚕豆沙绝技复活了？不信，再尝一颗。粒粒分得出。粒粒如金钻。问蚕豆怎么煮出来的，蚕豆支吾。

大民不让蚕豆看自己煮蚕豆。大民给蚕豆分配了任务："你一心卖煮蚕豆，挣下钱，先买辆自行车。"她去镇上看好了，买辆二八飞鸽，男女都能骑。不买大金鹿，嫌笨。蚕豆想帮一把，她撵他："去去，歇着。"

煮蚕豆的生意好了，每天两瓦罐煮蚕豆不够卖的。去到镇上，有的饭馆会一下子要去半罐。不到中午，两个瓦罐就全空了。镇上很快就有人编了歌谣，道是"煮蚕豆下酒，越喝越有"，可见煮蚕豆怎么受欢迎。

一般情况下蚕豆不在镇上耽搁，卖完就回。这天出门就看天空皱眉，蚕豆照旧担了扁担去镇上。瓦罐空了，天色愈加晦暗。蚕豆正忙着往镇外赶，却被一个就爱以煮蚕豆下酒的主顾叫住了，不喝一盅不让走，只得随他。

没想到一盅酒会有这么大威力。蚕豆向来滴酒不沾，当即感到脚下有点飘。天上开始落雪，他挑了担子就走，才几步，雪就纷纷扬扬起来。

就因这盅酒，蚕豆不觉得冷。走在田野上，反倒不急了。也不知走了多长时间，终于看到了大雪之下的村子。村子已全白，静悄悄的。蚕豆看着，想到了万先生。

每次去镇上卖煮蚕豆，蚕豆都会想到万先生。自万先生去世，那两间茅庐就锁上了，他还没进去过一次。有意无意地，他绕开了人去屋空的茅庐。

这一回，蚕豆停在了万先生家门外。四周都是白的，连蚕豆也是白的。扁担和瓦罐上都落了雪。

蚕豆眼前，幡然出现了万先生惊恐的脸。蚕豆止不住两腮的搐动。他尝到喉咙里有股咸味儿。

蓦地，大雪中一种陌生的动静传来。一点，一滴，如水，与雪交融。

直觉告诉他，那就是古琴声。他长大后再没见万先生弹过琴。他也只知万先生认字，给他念过《封神演义》，而这本书也不知所终。在万先生家里，应时的新书倒有几本，古书确实是没有的，更没看到古琴放哪儿了。

蚕豆蜷缩在万先生茅庐的墙根下，等雪变小了才慢慢回家。

在自家门口，他相信惊住了大民。她慌张的样子就像多年前走出豆地的她的母亲。她往灶台的孔隙藏匿东西的动作虽然迅若闪电，但还是被他看在了眼里。

以后，不光是大民，村里谁都看出来，蚕豆不快乐。

蚕豆长的就不是快乐的脸，但不快乐还是能看得出来的。

大民给他生下一个儿子，都说像大民。他不快乐。晚上，大民就说：

“蚕豆，我告诉你，谁都那样。”

瘸六贩棉花会掺土，贩粮食会掺沙子。去年冬天他从县肉联厂接了一批代工活，屠宰肥鸭，一家人深更半夜地蹲在地上，人手一个大针管子，往鸭翅底下注水。

一只鸭子至少半斤水！

蚕豆唉声叹气。

“谁都那样。”大民劝慰道，“不那样会好卖？”

“哎呀。”

“我生儿子你不高兴？那好，赶明年我再给你生个闺女。”

“万先生。”

大民生了儿子，自然少了顾忌，脾气有点变。从她家院子外面，常能听到她凶蚕豆了。

“你个滥好人，账都要不回来。”她说，“再赖账，让他们沟子里长出蚕豆芽。”

被凶急了，蚕豆就说：

“万先生。”

“明天我去要，这么欺负老实人可不中。”她说，她恨铁不成钢，戳他一指头，“你个滥好人。”

“万先生。”

大民终于发觉了。

“没见你修成善财童子，”大民说，“万先生倒成了精。”

蚕豆极节俭，但在镇上喝碗羊肉汤的可能也还是有的。镇上的羊肉汤比自家熬的好喝，因为老汤里掺了违禁的东西。这也是大民告诉他的。大民说什么他就得听什么。

有老婆，有儿子，屋里还来了窝大燕子，蚕豆该知足了。大民用她的自制秘方煮蚕豆，煮了蚕豆他就得去卖。镇上有一张张口等着。

自行车买来了。大民早就会骑，骑上自行车就去了镇上。

蚕豆又很少出去了。人们要找蚕豆帮忙，四处找不着他，后来得知他常常一个人待在万先生的茅庐里。

走在街上，蚕豆低着头，不看人。

这就怪了，蚕豆对不起别人了吗？多少年，食亏的不都是蚕豆？

煮蚕豆、卖煮蚕豆，大民一个人就做了。大民既能干，又肯干，家里的顶梁柱已经不是蚕豆了似的。但靠蚕豆的时候还得靠。

儿子才刚一岁，大民忽然让蚕豆用自行车带上她母子出了村。在她的指引下，一家人来到河东的一个村子。蚕豆这才想起来，这是大民前夫的村子。他误以为大民是专门来向那个村子的人炫耀自己过上了好日子，其实不是。

“记住他。”大民抬手指着街上的一个男人说，“你必须狠揍他一顿。”

那个村子的人还认得大民，但大民不睬他们。大民的前夫看看蚕豆，没敢上前。

众目睽睽之下，一家人骑着自行车穿过了村街。

蚕豆有了任务，不是卖煮蚕豆，而是教训大民的前夫。

于是，蚕豆地里活也不用做了，几乎每天都会去河东。过了七八天他也没在野外等到大民前夫，但事情已经惊动了周围数村。他一出门，就会有人冒出来跟上。

传言纷纷，有人说蚕豆要给大民出气，有人说蚕豆经过几十年暗访，终于找到了杀父仇人，恰是大民前夫死去的父亲。

父债子还，蚕豆即将大开杀戒。蚕豆不是好人吗？那不过是他的伪装。人们看到的，确实是一个冷面煞星。

蚕豆走到哪里，兴奋的人群就跟到哪里。但大民的前夫一直没出现。人们等不及了，有怂恿蚕豆上门挑战的了。猛虎冲进村去，谁能挡得住？

可是忽然间，蚕豆出门就只是种地了。

瘸六说大民大概也没别的意思，就要吓吓她的前夫。看样子前夫是真吓住了，这事也就了了。人们将信将疑，又有些若有所失。

蚕豆也真是的，娘们儿的话就句句得听吗？

大民的话，蚕豆得听。大民的头抬高了。她那个前夫，也是个心狠的人了。不是一个人看见，面对蚕豆的挑战，他压根儿没敢露面。瘸六可没说对，她前夫不敢露面，她比打了他还快意，但该揍还得揍。她不是莽撞的人，看当时那个阵势，招来公安就不好了。

“你记住了？”她一遍遍地问。

蚕豆闷着头：“嗯。”

“没用的。”她戳他一指头。

人们发现蚕豆动辄在街上走，但只有瘸六那样的人才肯上前跟他搭个讪。后来瘸六也不肯跟他搭讪了。其实他像丢了魂儿，嘴里也好像在小声嘀咕。因为口齿不清，好不容易人们才听出来，他在嘀咕“万先生”。

谁是万先生？才去不久的人，就几乎被忘却。

莫说河东恶夫怕了蚕豆，人们见了他也不由得悄悄躲开。看那眼神，不好了。是从来不好，还是现在不好，说不清。

冬天到了，蚕豆还去镇上卖煮蚕豆。镇上人客客气气的，多是给现钱，不像过去时常赊着。有一回可能大民煮得多，没在镇上卖完，蚕豆就骑到镇外，要去村里卖。冬天的田野空空荡荡。骑着骑着，蚕豆发现前面路上蹲着一个人，好像等候已久。

蚕豆身上一热，双手猛将车把一攥。旷野燃了，长天也被烧着了。蚕豆紧蹬几下脚踏，就向前冲了去。

结果，却只是对那人说：

“你走吧。”

蚕豆赶到家，大民不在。

抱着孩子从娘家回来的大民发出了一声惊呼。人们拥进她家，看见蚕豆鼓着肚皮躺在床上，脑袋旁边一片狼藉，床下散落一地瓦罐碎片。他把卖剩的煮蚕豆全吞了，憋得面孔走了形。“你个猪脸。”大民不停骂着他。

“让他呕，让他呕！”人们忙说。

蚕豆大声呕着。

“别煮蚕豆了……”蚕豆喘吁吁，像抽了筋。

“不煮了。”大民忙应，“不煮……不食了。”大民抹泪说，“不食。不争气的！”

这个冬夜又下雪。蚕豆悄声走出家门，进了万先生的茅庐，就在黑暗里慢慢摸索，像在回忆往日的细部。

蚕豆从一捆麦草下摸着一个硬东西。映着窗外微弱的雪光，蚕豆分辨出了万先生卧榻头的一个土龛。硬东西密藏在土龛下面，裹着麦草。但他像是畏惧了一样，从那硬东西上收回了手。

他知道，这是他此生最后一次碰触一张古琴。

点点滴滴，古琴声又隐隐响起。

外面雪止，雪地上似乎立着一个人，而世界酣睡。

青岛传奇

脖子上的钥匙

佐藤菊治低声唱了一首日本北海道渔歌。

碧姬被歌中浓厚的人生迷幻的味道震动了。她的眼前，出现了这首歌所描绘的深阔的日本海面，以及涌起在张帆而行的渔船前部的白色浪花。

这是 1921 年夏天，青岛海滨的夜晚。

海风吹进佐藤菊治的寓所—— 一座典型的日本风格的别墅。纸窗在凉爽的海风中，发出若有若无的声响。

碧姬在菊治的一旁睡熟了。在她美丽的脸上，菊治发现了那样多日本女人的特征。是的，一个漂亮男人和一个漂亮女人结合所生的孩子，是多么异乎寻常的美丽呀，不管他是德国人还是日本人。

菊治早就醒了。

他支起身子，面露笃爱的神情，欣赏着身边的女人——跨国船舶公司驻中国海岸的代理人费力克斯·曼先生的女儿。

碧姬小姐并不否认她身上的日本人血统，她的父亲一直没有避讳。她纳闷自己每一次以这个问题烦问她的父亲，他总是流露出那么多痛苦的神情。因此，碧姬也没有为这个对父亲纠缠不休。她是在中国长大的。异国风习，在塑造她的性格的时候，将她所属民族的东西掩盖住了，但是她仍操一口流利的德语，德意志民族性格中的东西，并没有从她身上泯灭。她热情，耽于幻想，内心充满着狂放的精神。

但是作为一位在中国生活了仅仅三年的日本青年，佐藤菊治彻底否认他是因为碧姬具有日本血统才爱她的。

佐藤认为美丽没有国界，碧姬的美丽是那样不加掩饰。

两个星期前，他初次步入曼先生的客厅，一下子就被碧姬吸引了。他在后来回忆那一场景的时候，不能断定自己没有出丑，但无可置疑的是，从他身上散发出的东西，也完全将美丽的碧姬小姐征服了。他们在临别时，相互留下了联系电话。

仅仅两个星期——而且在这两个星期之内，佐藤菊治因为事务关系返回东京，停留了将近一星期。经过这么短暂的时间，菊治和碧姬就在他的能够从房间里看到海边水手的别墅里，度过了那么美妙的时刻。

菊治不由得伸出手去，抚摸碧姬的面颊。碧姬在睡梦中抓住他的手。他又冲动起来，在她鲜红的嘴唇上轻轻吻着。但是他没有弄醒她。他怎么也睡不着，就下了床，赤脚在地板上无声地走动。身上的睡衣发出丝质的亮光，像大鸟垂下的翅膀。他不时地望着床上美丽的碧姬，忽然想起另一首在他的家乡广尾郡流行的歌曲：

鸟在云中飞翔
脖子上挂着铃铛

多么优美的日本古歌！

他见到生活在家乡广尾郡的人，不管老少男女动不动就会对着远山上的云霞，一边敲击着身旁的石头，一边吟唱这首歌。但他离开广尾郡，已经有十四年了吧。离开时，他也还只是十岁的孩子呢。他现在不知道他的亲戚——深水作荣一家在什么时候死得一个不剩了。在广尾郡的春季，流行着一种可怕的瘟疫。春天潮湿的天气里，从太平洋的低纬度海面吹来携带病菌的风，瘟疫便很快四处蔓延。也许深水作荣一家全部染上了那种不治之症吧。腹胀，出现红点，然后溃烂，多么可怕的病！他在东京国际商务所给他们写信，但是没有得到一封回信。

菊治又回到碧姬跟前。

他幸福地凝望着眼前这位可爱的女人。他想，当她睡觉的时候，在白天掩盖住的肉体的美都会显现出来。

他的目光突然落在碧姬脖子上的项链上。这条项链系着一只闪闪发光的白金钥匙。他的心一动，轻声叫醒了她。

碧姬慢慢睁开眼，在柔和的光线中搜索着菊治的脸。啊，找到了！她伸出手臂，搂住菊治的脖子，在他的额头上吻了一下。

“碧姬，想不到你这样贪睡呀。”菊治温柔地说，“你多么像一只可爱的猫。我真不忍心叫醒你呢。”

“谢谢你，菊治。”碧姬用德语说，“你让我幸福。”

“碧姬，我收藏了二十多年的盒子或许可以让你满意呢。”菊治兴奋地说，“我没有办法打开它，缺少的就是你脖子上的东西。”

碧姬很感兴趣，她把手臂从菊治身上拿开，说道：“菊治，你为什么开玩笑？你说的是真的吗？而我缺少的正是一只可以打开的盒子啊。”

菊治跳到一边，他从他的箱子底层拿出一个黑色的只有巴掌一样大的精致的铜盒，交给碧姬。

碧姬仔细地观察着，见铜盒上刻着一幅关于森林的画，有几个挂在树枝上唱歌的美丽女妖。她小心翼翼地从脖子上摘下白金钥匙，在盒子的锁孔里轻轻一旋。盒子打开了！他们一起惊叫了起来。

“为什么不早告诉我，菊治！”碧姬说，“我们也许早就相识了呢。”

“让我们看看里面有什么吧，亲爱的碧姬。”菊治惊喜地说。他从里面拿出一个青铜的徽章。两人的眼睛看见上面用德文嵌刻着“曼·海德堡”的字样。

“这是一枚族徽！”碧姬大声说，“海德堡的曼只有我们一家。我爸爸说过我们家的族徽遗失在日本了。啊，菊治，这里会有什么事？让我们赶快去见我爸爸，他会告诉我们的。”

她的眼睛发亮。在菊治看来她比平时更显得光彩照人了。

夜访贝克特

在佐藤菊治和碧姬的良宵开始的那一刻，从教堂望弥撒回来的费力克斯·曼打开了自己的卧室。

他正为没有见到自己的女儿而感到微微的不快。他打开卧室墙壁上的灯，看见陷进墙壁的沙发上坐着一个人。他以为是家里的仆人。当他看清的时候，他惊奇地问：

“你是怎么进来的？”

那是一位陌生的日本妇女，身穿宽大的和服，头上梳着高高的发髻。在曼发问的时候她已经站了起来，向前微曲着身子。灯光送到墙上的女人的发髻的投影使他的心怦然一动。

那女人低一低头，用日语向他道歉。

“如果您需要我的帮助，我们可以到客厅去谈。”他对这女人说。显然他把她当成一位因为生活贫困而向他讨援的下等女人了。这种情况他见过多次，所以引不起他的怀疑。但是这样做的日本女人很少，这也几乎是初次碰到。

“不必了，曼先生。”那女人说道，“我并不需要您的帮助。我只是向您说几句话，来提醒先生不要做错了事。”

“那么，太感谢你了。不过，我对自己的事业充满自信，这一生我所做错的事大概只是发生在三十年前。很可笑，我那时候的错误只是我没有经过周密的考虑，就离开了我的家乡海德堡。要知道曼氏是海德堡的一个古老的家族。结果我家乡的人对我的不周密一直耿耿于怀。”

“先生，据我所知，”日本女人说，“我的儿子在中国——很有可能就在青岛。”看来她像要把事情说得一清二楚。

“对不起，夫人。”曼对女人的话稍微流露出一点不满，他把另一盏安在天花板上的灯也打开了。灯光照在他魁伟的身体上。

女人止不住对他宽厚的肩膀看一眼。她重又低着头对他说：

“可是，先生，如果您对此不感兴趣的话，另一件事您要答应我。我觉得这是不过分的。您只需要向我解释。”

她虽然有些焦急，她脸上期待的神情却让曼觉得她好像有些可怜。他用德语低声埋怨了一句。

女人也用德语说了一句。曼可万万没有想到她也会说德语。

“告诉我你是谁！”他忽然变得迫不及待。

“大岛吉美。”

“大岛吉美？三户的大岛吉美？你是哪一位？秋田的大岛吉美？”他的脸色惊愕地变了。

“三户的大岛吉美。可怜的大岛吉美。在菜园子里唱《来呀，来呀，小鹿你的角》的大岛吉美。”

曼先生怔怔地望着大岛吉美。大岛吉美也抬起头来痴痴地凝望着他。他快步走上前去，抓住她的肩膀，断断续续地叫道：

“吉美！吉美！我的三户的大岛吉美。你唱的《来呀，来呀，小鹿你的角》我还在听着。我不该抛下你，我原打算不久再去找你，可是……可是，那时我身不由己。我们家族的人不能容许我有一个日本妻子……不，我说不清。但是你这三十多年在哪里呢？你不会在三户吧！”

大岛吉美忽然软弱下来。她在曼的怀里哭了起来。

“哭吧，吉美。坐下吧。”曼把大岛吉美扶到她原来坐的地方，脸上满是回忆的神色，望着她。

“贝克特，先生，您很好。”大岛吉美抽抽咽咽地说。

“我是曼，吉美。你知道你二十多年后又找到了你的费力克斯。把你的眼泪擦掉吧。多么不可思议，我会再认不出来你了。”

“我也是。我也认不出您了。也许在外面见了，也不认识。可是，我现在是生元米店一个中国老板的妻子了。”吉美告诉曼。

曼的手哆嗦了一下，他问她怎么会落到这个境地。接着吉美就把他们分别以后的事向他说出来，他怀疑当年的一个柔弱的女人怎么会一变而具有那么坚韧的毅力。她从三户到广尾郡的亲戚家住了一段时间，然后渡海来到中国，最后被一个名叫王茂的中国人收留。她在青岛一直到处打听贝克特·毛莱的消息，但是在情况复杂的青岛有谁能够给她提供确切的信息呢？她只是最近才知道她当年在学生时期相识的贝克特·毛莱就是现在的堂堂的船舶公司驻中国的代理人费力克斯·曼。也许是出于某种安全的考虑，曼在当初使用了一个假名，结果却使大岛吉美吃了数不尽的苦头。

“碧姬，我的女儿，她在哪儿？”吉美急切地询问曼，“我是为了寻找我的碧姬才把我的孩子大岛君寄养在深水作荣家的，可是我的确把大岛君给弄丢了。我再也不会见到他。我多么可怜！您把碧姬给带走了。在日本我想念碧姬，我发过疯。在青岛我还要思念我的大岛君。先让我见到碧姬吧，贝克特。”

曼犹豫了一下，没有说话。吉美从他身旁站起来，冷静地说道：

“先生，您不要害怕。我不会连累您。如果您觉得不方便的话，我只在远处看一眼也行。先生，我就装成仆人的样子，那不要紧吧？”

曼颓伤地摇了一下头，他正处在烦乱和焦躁之中。

“她长成什么样子呢？在你带走她的时候，她会用日语叫妈妈了。”吉美说。

曼对她说碧姬长得几乎同她一样，别人怎么也不会看出碧姬的父亲是一位德国人。“她会说日语。如果她还有跟妈妈见面的机会就可以用日语对话。”

“我们的大岛君也长得同我一样啊。”吉美说，“那时候他才五岁，却像十岁的样子。他会长得同他父亲一样高大。碧姬有十九岁了吧。”

曼把自己的苦恼讲给了吉美听，他说她可能爱上了一个日本青年，现在她是到佐藤菊治家里去了。他无限感慨她会那么发疯地恋爱。大岛吉美忽然表现得忧心忡忡，她吞吞吐吐地说：

“但愿她最好不要和日本人相爱。我们的大岛君也会在青岛呢。”

在她临走的时候，费力克斯·曼把自己的电话号码告诉了吉美，并邀请她和她的丈夫王茂到他的住所来。她可以明天来这里见她的女儿碧姬。

曼先生望着吉美的身影消失在黑暗里，一股惆怅袭击着他的心。他不敢想象今天晚上的碧姬会做出什么事。

轮下的日本女人

佐藤菊治和碧姬兴致勃勃地驱车向曼的住宅驶去。

登瀛洲的白塔绿树环绕，远远地伫立在海面上的阳光中。海面上正有夜航结束的货轮向海岸靠近。挂着各国旗帜的船只在港湾里显得很拥挤，甲板上传来不同国家语言的交谈声。碧姬从车窗向海上看，觉得这个时辰的景象比以往任何时候都要迷人。

车子沿着威海路拐入一个教堂林立的教区。做早祷的声音在清晨的空气中响着。当他们准备向红房子餐厅拐弯的时候，一个慌里慌张的女人从斜对面跑过来。她的动作很像一个日本女人。

“放慢点，菊治。”碧姬在一旁叫道，“我敢说她是一位穿中国服装的日本人。”

菊治还没有来得及表达意见，另一辆车擦着他们的车身歪歪扭扭地从后面开过来。就在他急速让车的一刹那，刚才看见的那个像日本人的女人飞一样地滚落过来，在从他们后面急速驶过的汽车下面溅起一团血色。女人惨厉的呼叫几乎穿破了菊治的耳膜。他戛然停下车，从车门跳下去。

轮下的女人身体痛苦地扭曲着。腿在路面上抽搐了两下就僵直了。那辆肇事的汽车已经开得没影儿了。

“碧姬，记住美国人的车号！”菊治叫道。

旁边很快围过来几个人。大家瞪大眼看着地上的惨状。

"碧姬，你下来！帮我把她送到医院。喂！谁来帮我一把？总不能没人管吧。"他又叫道。

"算了，死了。"旁边有人说。

"这条路上轧死中国人的事多得很。胶州湾里也经常有中国的渔船被撞翻呢。"

菊治回头向那人看一眼，狠狠地说："就这样死了吗？"

可怜的中国人！随便被外国人轧死。

他变得垂头丧气。回到车上，他坐在碧姬旁边，向前方呆呆地凝望。碧姬给他擦着手上的血。

"多么可怕！"她说，"我们在这片国土上犯下了罪过，愿天主饶恕我们。"她内心的悲哀是真诚的。她看看菊治冷冰冰的样子，知道他在埋怨她为什么不下车。

后来，他们的车终于开走了。

"惨极了，爸爸。"她在家里对她的父亲这样说。

父亲的决断

曼立刻派一位老仆人去生元米店看看情况。

他回过头来望一眼兴奋的女儿，怎么也不能够向她发怒。碧姬太像一个幸福的人了，况且他们父女刚一见面她已经恳求他的原谅了。

"有一个人想见您，爸爸。能不能让他进来？"碧姬说。

曼心想，今天一早就扰乱他的心的到底是什么事呢？难道就是即将会见女儿的情人吗？他有种不祥的预感。"既然有必要，而且他已经来了，就请他进来吧。"他郑重地对女儿说。

他在这一刻忽然觉得心神疲惫，好像十分苍老了。他想他一定要认真地同那个人谈谈，也许仅仅是为了大岛吉美吧。他觉得他的女儿应该完全属于那个日本女人，他将她从她母亲身边带走的行为纯粹是一种侵犯。

他抬起头，看见一位日本青年风度翩翩地走过来了。

“您好，佐藤先生。”他克制住自己内心的激动，首先含笑问候。

“您好，曼先生。”

佐藤菊治彬彬有礼地回答。他们共同坐下了。但是曼忽然从他的眉头间看出一丝沉郁，显然发生在路上的车祸还在影响着他的情绪。说什么好呢？曼先生苦苦思考着，如果他赞成女儿的这桩婚事，他可以询问对方的家庭、生活经历以及工作情况；如果他必须反对这桩婚事，他应该旗帜鲜明地向佐藤菊治表示出他的态度。这事情来得太突然，简直令他措手不及。

他打量一下眼前的这位年轻人，他觉得佐藤菊治确实英俊，面露精明，不然一位年仅二十多岁的青年是不会具有现在的地位的。他要以什么理由反对这桩婚事呢？因为佐藤菊治是一个日本人？在他正犹豫不决的时候，佐藤菊治拿出了一只精致的小匣子。他像被火烧了一下一样，挺直了身休。

“先生，昨天发生了一件奇怪的事，可能只有您才能够解释，所以，这样一早就来打扰您。很抱歉。”

佐藤菊治并没有谈到婚事，他很有分寸地把盒子送到曼的手中。“这是从碧姬脖子上摘下的钥匙。”他指着盒盖上放着的白金钥匙，说。他又转向碧姬：“碧姬，你说是不是呢？”

“啊，爸爸，这是出人意料的事吧。”碧姬亲昵地靠着父亲，高兴地说，“这把白金钥匙，你从来没有告诉我有什么用。可是，它竟然可以打开佐藤菊治保存多年的盒子。这里面的事或许只有你明白呢。”

但是，令这两位年轻人不解的是，费力克斯·曼并没有打开这只精致的小盒子。他的托着盒子的手颤抖了一阵，然后他沉着地对眼前正莫名其妙的青年说：

“请回去吧，佐藤先生。您下午来一趟，好吗？”

菊治看到了发生在曼脸上的变化。他自己的脸也变得苍白了。他没有想到竟会得到这样的答复，他还想问一句“难道您不就是绿卡上写着的‘费力克斯·曼’先生吗”，但他打消了主意。他抑制住自己脸上惊愕的神情，转过头对正在发愣的碧姬报之以微微一笑。

在他从容不迫地走到客厅门口的时候，曼自言自语地说了一声“大岛君”。菊治在门外正碰上那个被派到生元米店打问消息的老仆人。他们打了招呼，菊治就走开了。

“先生，王茂的夫人死了。”老仆人紧张地说，“她遇上了车祸。”

曼手中的盒子和钥匙当啷一声落在地上。他愣住了。

老仆人被他的神色吓坏了，怀疑自己说错了话，脸上的汗珠钻出来，顺着脸流进脖子里去。他不敢擦去它们。

“下去吧。”曼低低地说。他的嗓子有点沙哑。

老仆人低下头，悄悄退出去。

“爸爸，你怎么了？”慌张起来的碧姬对此疑惑不解，她拾起地上的盒子和钥匙，“一个女人，她死了同你有什么关系呢？”

曼悲伤而慈蔼地望了望女儿，他让女儿坐在自己身旁，慢慢对她说：

“那是你的日本母亲啊，碧姬。”

“我的母亲！妈妈！”碧姬吃惊地瞪大眼睛。

“是的，孩子。她的名字叫大岛吉美。她为了寻找你，只身一人来到中国。她吃了很多苦，孩子。直到昨天，她才来家里看你。”

曼不想再对女儿隐瞒，他知道当女儿知道了事情的始末将会多么痛苦，但是他必须使自己的女儿明白了。

“可是，你从来没有告诉过我！”碧姬跳起来，冲父亲叫道，“我怎么会知道妈妈在中国！”

“碧姬，我也是才知道。爸爸对不起大岛吉美。”父亲沉痛地说，“可是，这一切谁想得到？”

碧姬抱着小盒子埋头痛哭起来：“我亲眼看见她死去的，我却没有下去看她一眼。菊治还在生我的气，可是我怎么知道她是我的母亲？”

父亲走过去，把手放在她抖动的肩头：“事实都应该结束，悔恨永远不会有好处。孩子，今天上午你马上走，离开中国，回德国。”他这样对痛苦不堪的女儿说道，“今天上午十一点有一艘去上海的船。你从上海再去香港，然后乘香港到法国的轮船。孩子，请相信一切都会好的。我们在海德堡相会。”

到海德堡去

老仆人看清碧姬小姐的脸上泪痕未干。他提着碧姬的行李，走上了客船的甲板。他不明白为什么主人会这样突然把小姐遣送回德国。他不敢问。

碧姬目光呆滞地从船上凝望着海面。她马上就要离开她生活了十几年的中国了。她不知道命运为什么这样残酷地捉弄她。

她的父亲把一切向她解释清楚了。她不忍心责备这位饱阅人间沧桑的父亲。现在，所有有关的人都将处在同一种痛苦的折磨中，相互的埋怨只会造成相互的毁灭。当她的父亲把盒子与钥匙的来历告诉她时，她不但没有再像小孩子一样哭泣，反而劝慰父亲。如果一开始父亲就把她脖子上的钥匙留给大岛君，悲剧就不可能发生。

从他们决定离开中国，一直到现在，她的脑子中从没有打消“死”这个可怕的念头。但是死能够证明什么呢？那只不过是一颗心被揉碎了以后的祭祀而已。

她在船上可以看见登瀛洲的白塔绿树。美丽的夏天的青岛，你带给我的幸福的回忆也将是痛苦的开始。幸福的大门刚一打开就马上关闭了，取而代之的是今生永远也摆脱不掉的痛苦的磨难。

可怜的菊治，他什么也不知道。当他发现她的父亲把她送回德国的时候他会怎样发疯呢？他将怎样对待她的父亲？她多么希望临别之际再见他一眼，但是，她又不敢再见他了。大岛君——佐藤菊治，祝福你吧。

留下了年轻人的盒子

在菊治一眼看见苍老的曼的时候，他预料到不幸的事情已经发生了。

那个德国男人好像很怕冷，穿了一身参加宴会的晚礼服坐在阴暗的客厅一角，冷静地看着菊治走进来。

客厅里所有的窗帏都拉上了。客厅里的古玩和墙壁上的中国字画全部不太清晰，仿佛缭绕着一层烟雾。

“佐藤先生，”那德国人温和地招呼他，“请坐吧。”

“碧姬！碧姬！你把她弄哪儿去了！”菊治猛然大声质问道。他觉得再没有坐下来交谈的必要。他挥动着双臂，简直想抡下去砸在这个德国人的脑袋上。

“不要发火，佐藤先生。我们需要仔细地谈一谈，或许我们可以找到解决的办法。”德国人依旧和蔼地对他说。

菊治心想，这是个阴险的家伙，他弄走了碧姬，还要在自己的面前装着没发生什么事。可是，事情的突然变化让菊治也摸不着头脑。他在这个德国人面前从没有一次有失身份的谈吐，难道因为他爱上了碧姬，这个德国人就开始仇恨他了吗？这些都是什么引起的？那只小盒子吗？今天的车祸吗？不对，一定是这个老家伙在嫉妒他女儿的幸福，嫉妒菊治这样的年轻人。但是，菊治也极度颓丧，他跌坐在对面的沙发里，嘴里嚷嚷着：

“你要向我解释清楚，曼先生。你或许同意让我们见上一面。你要明白碧姬不会忘记我，我也同样。”

曼给菊治倒上一杯水，放在他的面前。

“佐藤先生，请相信我，为了碧姬和你的将来，我希望我们大家不要相互再提起。过去的事情永远让它过去。你这样年轻有为的男士不能为了这样一件事而放弃了生活，放弃了事业。如果佐藤先生需要我的帮助，我是可以竭尽全力而为的。而且我已经有所准备，只要可能，我的财产可以……”

“先生！请注意，我们不是在谈财产、事业。你以为我接受了你的帮助就可以背叛我的爱情？一个真正的人是不会像你说的那样去生活的。”菊治从座位上欠起身，说道，“现在的问题不是你向我允诺了什么条件，而只是不让我和碧姬分开。在眼下，你要做的只有一件事，就是告诉我碧姬在哪儿。还有，还我的盒子！既然你向我提供的只是一些空话，我很后悔把盒子交给你看。你并不是里面写的费力克斯·曼，那个生活在海德堡的人并不是你。”

曼慢慢站起来，他很受不了菊治咄咄逼人的语气以及眼中那种熠熠的闪光。这双眼他感觉到是多么熟悉，是的，就像他熟悉自己的眼睛。菊治的隆准、高额又是多么像他的投影。他不能再向这个日本青年多说什么了。

“你不会再见到她了，孩子。”

曼改变了对菊治的称呼。他的话那么坚决，不容怀疑。

菊治也变得平静了。他走到曼的跟前，淡淡地问：

“是真的吗，先生？”

“是的，孩子，是真的。”

“那么，还我的盒子。”

“不，对不起，我要留下。”

菊治差点叫出来：“强盗！”他忍住了。他转身走出去。

曼从他的蓝眼睛里看出一线凶光。可是，曼想，菊治可能会痛苦一阵子，不久就会好的。这总比让他痛苦一辈子强。曼觉得不把事情的原委告诉佐藤菊治意味着是在保护这个青年吧。他默默祷告将所有的痛苦都降临在自己的头上。

“他过一段时间就会好的。”

曼脑子中出现了这个天真的念头。他想，当年他给漂亮的大岛吉美唱海德堡黑森林歌曲的时候，哪里会想到还有这么多的烦恼。

从红房子出来

佐藤菊治在红房子餐厅喝得醉醺醺的。

这是他第一次喝了那么多的酒。他苦闷地伏在餐桌上胡唱着一首歌，吸引得另一个座位上的几个英国人向他张望。他听见一个长着大胡子的人说了一句不满的话，他狠狠地拿眼瞪着那人。一个中国侍者向他收了账。他想再给侍者一次小费，却在怀里摸着一个硬邦邦的东西。他停了一会，眼睛发红。那侍者赶快走开了。

佐藤趔趄着离开红房子，回到自己停在路边的车上。海浪声透过路边的灯光传到这里来。他觉得自己的脑子还管用。他又止不住伸手摸一摸怀中那个硬邦邦的东西。他开起车，在街道上飞驰起来。

真是令人庆幸啊，没有出什么事。他在一个豪华的住宅门前停下车。他走出来，觉得浑身飘飘的，不像自己在走，而是天空和地面在走。他摇动着高大的铁栅门。

不一会儿，从里面走过来一个仆人。

他向仆人吼道：

“我是佐藤先生！让我进去！我是佐藤先生！”

仆人知道这个日本人喝醉了，便拒绝给他开门。菊治在怀中摸了一阵，又把手抽出来，抓住铁栅门摇动。

“佐藤先生要进去！”

他发怒地盯着那个发笑的仆人，咬得牙响。从里面又走出一个人来，在那发笑的仆人耳边低声说了几句话。他们就打开门，菊治跳进去，险些摔倒。他把来扶他的那个仆人推到一边，歪歪扭扭地向里走。也不知拐了多少弯，他只觉得每一个地方的台阶都很高。在这个寂静的夜里他喘着粗气，像一头发怒的狗熊。

客厅的门打开了。他快速地从怀中掏出手抢，对准了前面的人。

“现在，强盗，老实告诉我，碧姬在哪儿！”

对面的德国人被这突如其来的架势惊呆了。他看着眼前长着蓝眼睛的日本青年不知所措。

“快点，强盗！她在哪儿？”他又一次叫道，眼里充了血。

“佐藤先生，请安静一下。碧姬不在这儿。是的，可是，让我们谈谈，总还是可以的吧。”那德国人镇定下来。

“那么，还我的盒子！”

德国人在他枪口的威逼下把原来是他的盒子和钥匙交出来，菊治的枪口低下了，他把它们塞进怀里，又举起了手枪。

“你想让碧姬听到我的枪声吗？赶快痛痛快快把她交出来，那么，一切了结！”

“碧姬不会再听到你的枪声了。她现在远离了青岛的海湾，你不会再找到她了。”德国人只好如实告诉这个即将发疯的青年。

“真的吗？”

“真的。”德国人肯定地回答。

这时候，菊治手中的枪响了。一股蓝烟从枪口冒出来。

德国人猛地用手捂住胸口。他微笑着盯着菊治。菊治见他摇摇晃晃地还没有倒下去，便转身要走。

“大岛君！”那德国人忽然叫了一声，“你不要去德国找碧姬。”血从他的指缝流下来。

在枪响过之后，菊治的脑子也猛然清醒了一些。当他听到那垂死的德国人呼叫“大岛君”时，他停住刚迈起的脚步，眼睛疑惑地看着那德国人。

“大岛君……上帝保佑……大岛君……哦，上帝……”

那德国人在倒下去的时候这样断断续续地说。

菊治的思维处在一片迷雾之中。

远逝的北海道渔歌

海滩上，一位青年踯躅着。夏天的阳光照彻海面，碧波万顷。他的目光停留在远天和海平面交接的地方。

他终于站住了，向日本的方向眺望。枪口抵在他的太阳穴上……血在他苍白的脸上爬行着。他忽然想唱那首日本北海道的渔歌。他记得他在他舒适的寓所里对一个漂亮的女人唱过它，可是那个情景多么像在缥缈的梦里。

海水浮起的木舟
放着划断的桨

他的脑子中涌出这首歌。歌曲滑过涌动的白色浪花向天空散去，若有若无……